KB020580

DREAMBOOKS★

武當神魔

무당신마

양경 신무협 장편소설

6

ORIENTAL FANTASYSTORY & ADVENTURE

dream
books
드림북스

무당신마 6

초판 1쇄 인쇄 / 2015년 9월 3일
초판 1쇄 발행 / 2015년 9월 10일

지은이 / 양경

발행인 / 오영배
책임편집 / 편집부
펴낸 곳 / (주)삼양출판사 · 드림북스

주소 / 서울시 강북구 도봉로 173
대표 전화 / 02-980-2112 팩스 / 02-983-0660
편집부 전화 / 02-980-2116 팩스 / 02-983-8201
블로그 / blog.naver.com/dreambookss

등록번호 / 제9-00046호
등록일자 / 1999년 3월 11일

ISBN 979-11-313-0287-3 (04810) / 979-11-313-0209-5 (세트)

* 지은이와 협의하에 인지는 생략합니다.
* 잘못된 책은 구입한 곳에서 바꾸어 드립니다.

이 도서의 국립중앙도서관 출판시도서목록(CIP)은 서지정보유통지원시스템홈페이지
(http://seoji.nl.go.kr)와 국가자료공동목록시스템(http://www.nl.go.kr/kolisnet)에서
이용하실 수 있습니다. (CIP제어번호: 2015024106)

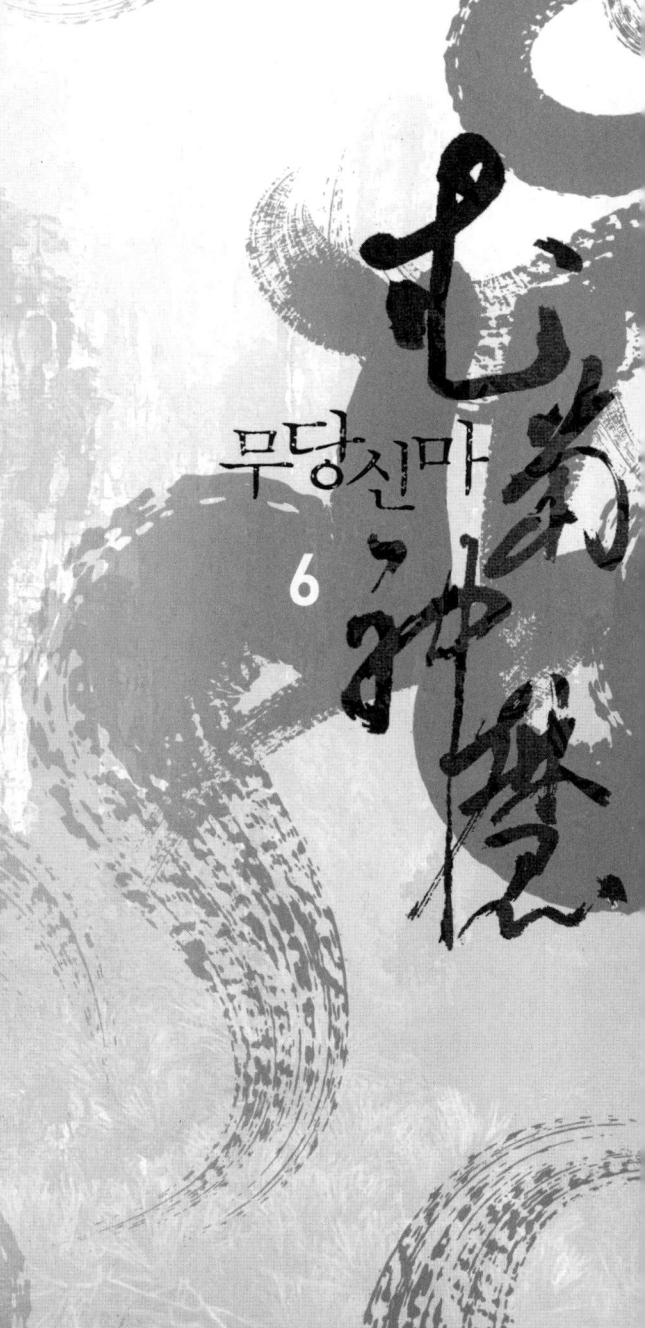

양경 신무협 장편소설

ORIENTAL FANTASYSTORY & ADVENTURE

무당신마

6

dream
books
드림북스

목차

무당신마

第一章

자칭 사도련주의 출현이다.

"……."

하지만 놀람은 없었다. 아니, 관심 자체가 없었다.

이현의 관심은 이미 다른 곳에 머물고 있었다.

콕콕.

"헤헷! 우와! 사질아 이것 봐 봐!"

청화의 해맑은 웃음이 티 없이 맑다.

그런 청화의 조막만 한 손 안에는 길쭉한 작대기 하나가
쥐어져 있었다. 아마 방 안이 부서지면서 생긴 파편 중 하나이
리라.

청화는 그것으로.

"이 언니 찌찌 완전 몰캉몰캉해!"

기절한 초희의 가슴을 연신 찔러 대고 있었다. 딴에는 신기한 모양이다. 초롱초롱한 눈망울로 찔러 대고 있는 것을 보면 말이다.

'부러운 년!'

차마 입 밖으로 내뱉지 못할 그 말을 이현은 속으로 삼켰다.

"저…… 저 사도련주라 했소만?"

"그러시든가!"

등 뒤에서 찌질한 사내의 주장이 이어졌지만, 귓등으로 흘려 넘겼다.

지금 이 순간 이현에게 만큼은 찌질한 중년 사내의 정체가 사도련주든 나발이든 전혀 중요하지가 않았다.

것보단 눈앞에 이 부러운 광경이 더 중요했다.

"헤헷! 진짜 좋아!"

하물며 청화가 어린 여자아이라는 특권을 전가의 보도처럼 휘두르며 주도적으로 무언가를 해 가고 있지 않은가!

'지켜봐 줘야지 암!'

모름지기 바른 어른이라면 아이가 주도적으로 무언가를 해 나갈 때, 이를 가로막기보다는 곁에서 말없이 지켜봐 주며 응원해 주어야 한다.

그래야 아이가 스스로 발전하며 깨닫고 내적으로 성장해 나가는 법이다.

'이 몸은 바람직한 어른이니까!'

언제부터 바람직한 어른이었는지는, 혹은 왜 하필 이 순간 바람직한 어른이 되었는지는 전혀 중요하지 않다.

중요한 건 지금 이 순간 이현은 청화의 행동을 말릴 마음이 전혀 없다는 것이다.

이현은 그렇게 스스로의 행동에 정당성을 부여했다.

이현이 보여 준 바람직한 어른상 때문이었을까. 청화의 자기 주도적인 행동은 더욱더 성장했다.

툭!

청화가 손에 들었던 작대기를 놓는다.

"만져 볼래!"

그리고 헤실헤실 웃는 얼굴로 초희에게 다가갔다. 작대기를 놓아 버린 빈손이 향하는 곳은 초희의 가슴.

애다.

그것도 고작 열 살짜리 여자아이.

다른 의도가 있을 리도 없고, 그 의도를 생각할 리도 없는 꼬마 여아일 뿐이다.

거기에 청화는 제 어미에게 버려진 이후 줄곧 무당파에서 자랐다. 극소수의 여제자를 제외한다면 순 남탕이나 다름없는 곳에서 자란 청화가 자신의 행동이 어떤 의미인지 알고 있을 리도 없었다.

그러니 내뻗는 청화의 손길은 거침이 없었다.

거침없이 초희의 가슴을 향해 나아가는 청화의 손.

"……."

이현은 이번에도 침묵했다.

말릴 생각?

전혀 없다.

'그렇지! 너는 할 수 있어!'

그저 진취적으로 나아가는 청화의 손끝을 바라보며 속으로 응원할 뿐이다.

'그래! 조금만 더!'

이현의 소리 없는 응원을 등에 업은 청화의 손길이 혼절한 초희의 앞섬 바로 한 치 앞에까지 이르렀다.

이제 곧 청화의 손길이 초희에게 닿을 일만 남았다.

그 순간.

"흡!"

이현은 눈을 부릅떴다.

천마의 무공마저 꿰뚫어 보는 이현의 눈이다. 그 눈에 초인적인 집중력까지 더해지자 절로 태극무해심공이 반응한다.

이현의 두 눈으로 보이는 세상이 느리게 흘러가는 것처럼 보일 정도다.

그리고.

톡!

'돼, 됐……!'

마침내 닿았다.

청화의 손이.

덜컥!

"으하하하핫! 역시 도사님이십니다! 단신으로 수룡채를 상대하실 생각을 다 하시다니! 정말 대단……!"

"얼추 정리는 끝났습니다. 제대로 흔들어 주신 탓에 생각보다 피해는 없었으니 큰 걱정은……!"

"그러게나 말입니다! 천하의 수룡채를 이렇게 간단히……!"

"역시 도사님이십니다! 단신으로 수룡채를 굴복시키시는 이런 역사적인 순간을 제 두 눈으로 지켜볼 수 있……!"

수룡채 접수를 끝내고, 부서진 문을 짓밟고 들어온 시끄러운 네 인간의 목소리에 이내 떨어졌지만.

'쯧! 저 개 같은 것들이!'

소리 없이 응원하던 청화의 진취적인 자기 주도적 행동이 무산되었다는 것에 대한 분노 탓일까.

이현의 고개가 신경질적으로 돌아갔다.

"어? 아저씨들!"

그렇게 돌아간 이현의 등 뒤로 청화의 해맑은 목소리가 들려왔다.

이현의 소리 없는 응원을 받으며 내뻗은 청화의 손길을 결정적인 순간 멈추어 버린 네 사람.

정만과 옥분. 그리고 모산발과 장한곤.

해맑은 청화의 환대와 당장 씹어 먹을 것 같은 이현의 눈총을 한 몸에 받은 그 네 사람은 멍하니 멈춰 서 있었다.

'어쭈?'

전직 산적, 마적, 수적은 물론!

현직 협의지사 지망생인 장한곤까지!

이현의 매서운 눈초리에도 그들의 시선은 한곳에 머물러 떨어질 줄을 몰랐다.

그리고 그들의 입에서 동시에 터져 나오는 감탄사.

"⋯⋯와!"

이것들도 수컷이었다.

각자 살아온 환경과 나아갈 지향점도 다르지만, 수컷이라는 사실 하나만으로도 네 사람은 지금 이 순간 하나다.

그런 남자라는 동물의 시선이 머물러 있는 것이야 뻔했다.

천잠보갑에 가려져 보일 듯 말듯 보이지 않는 초희의 가슴.

"⋯⋯주, 죽입니다!"

정만이 말했다.

"……예. 죽이게 대단하군요."

옥분이 처음으로 정만의 의견에 동의를 표했다.

"알고는 있었지만…… 지금 보니 대단히 감동적이기까지
합니다!"

전직 수로채의 일원에서 수적 토벌에 앞장서는 이현의 노예
로 업종 변경에 성공한 모산발 또한 감탄을 아끼지 않았다.

"예. 감동적……! 아, 아니! 저는 그러니까…… 크흑!"

마지막으로 협의지사를 지망하는 장한곤이 이상과 수컷의
본능 사이에서 갈등하다가 울먹인다.

"감동은 개뿔!"

자신들이 어떤 결정적인 장면을 가로막은 것인지도 모르고
겨우 이딴 모습에 감탄이나 터트리고 있는 네 수컷.

이현은 절로 울화통이 터졌다.

'저것들이 조금만 늦게 들이닥쳤어도!'

화가 뻗치니 애써 외면했던 본심이 여과 없이 튀어나온다.

저들이 조금만 늦게 들이닥쳤더라면, 지금보다 훨씬 좋은
풍경을 감상할 수 있었다.

이게 다 지금 눈앞에 뜬금없이 난입한 이 네 인간 때문이다.

이현은 그런 자신의 분노를 숨기지 않았다.

'내 이것들을!'

두 팔을 걷어붙였다.

기대를 무너트린 원흉들을 매로 다스리리라!

"뭐가요? 뭐가 대단해요? 뭐가 감동적인데요? 아앗! 맞다! 잠깐만요!"

그러나 그런 이현의 굳은 결심은 유보되어야 했다.

청화 때문이다.

그리고 이현은.

'그렇지! 그래! 사람이 그렇게 쉽게 포기하고 그러면 안 되지! 아무렴!'

그 유보를 반겼다.

하나에 꽂히면 지독하리만큼 집착을 보이는 청화.

그런 청화의 집착 때문에 얼마나 많은 고생을 해야 했던가!

하지만 지금 이 순간만큼은 그 집착이 이렇게 반가울 수가 없었다.

아니, 집착이 아니다.

이건 끈기다.

집착과 같은 그런 저열하고 끈적거리는 짜증 나는 것과는 전혀 다른 끈기가 분명하다.

"헤헷!"

정만과 옥분을 포함한 네 인간의 난입으로 잠시 멈췄던 청화가 다시 소기의 목적을 떠올리고 움직이기 시작했다.

그러니 집착이 아닌 끈기다.

끈기가 아니면 이렇게 기특한 짓을 할 리가 없었다.

청화의 손길이 다시 초희의 가슴을 향해 다가가기 시작했다.

"……."

바로 지금!

이현은 물론, 시끄러운 등장으로 대사를 그르쳤던 네 인간 중 누구도 입을 열어 청화를 방해하는 우를 범하는 이는 없었다.

마침내.

'다, 닿는다!'

청화의 손길이 초희의 가슴에 닿았다.

그리고.

"외간 여인 가슴만 보지 말고 날 좀 봐 달란 말이오! 나 사도련주요! 이것 좀 풀어 주시오!"

이현과 네 사람은 등 뒤에 들려오는 찌질한 중년 사내의 처절한 외침 따위는 철저히 무시했다.

"이것 좀 풀어 달란 말이오! 정말 사도련주란 말이오! 빙혈 도제란 말이오! 아! 나 사도련주라니까!"

자칭 사도련주가 아무리 떠들어도 상관없다.

"……그러시든지!"

이 순간만큼은 천마 할아비라도 관심 없었다.

꿀꺽!

자칭 사도련주의 외침을 제외한다면 다섯 짐승은 마른침을 삼키는 소리만 가득했다.

이현은 생각했다.

'조, 좋구나!'

수적 토벌을 나선 이래 처음으로 가슴 뿌듯한 만족감이 찾아왔다.

"나 사도련주라고 이 변태들아!"

흥분한 자칭 사도련주의 목소리가 쩌렁쩌렁하게 울렸지만.

"……."

누구도 부정하지 않았다.

* * *

"날 보라고 날! 초 소저 가슴만 보지 말고 날 좀 봐 달라고 이 변태들아! 나 사도련주라고!"

자칭 사도련주라고 주장하는 사내가 그토록 원하던 바는 결국 이루어졌다.

물론, 사도련주의 핏대 서는 노력이 하늘을 감동시킨 결과는 아니다.

그저 초희가 깨어났고, 청화가 초희의 손을 잡고 자리를 빠져나간 뒤에 찾아온 관심일 뿐이다.

어찌 되었든 그토록 구걸하던 뭇 사내들의 관심을 한 몸에 받게 된 자칭 사도련주의 표정은 원하는 바를 이루었음에도 그다지 밝지가 않았다.

"……."

무겁게 내려앉은 침묵이 그 원인이다.

그리고 그런 사내의 앞에 이현이 버티고 서 있었다. 이현의 손안엔 커다란 종이가 들려 있었다.

정만과 옥분, 장한곤과 모산발은 그런 이현을 어깨너머로 심각한 얼굴로 종이와 자칭 사도련주를 번갈아 본다.

종이. 그 위에 새겨진 내용.

그림이다. 다만 일반적인 그림과 다른 점이라면 인물화라는 점이다. 그것도 명확한 사실과 인물의 특징을 살려 전하는 데 그 목적이 있다는 것이 전부다.

사도련주의 얼굴이 그려진 용모파기다.

관아에선 수배자의 얼굴을 그려 방으로 붙이는 용도로 쓰이는 용모파기였지만, 무림에서는 강호 전역에 흩어져 있는 고수들의 면면을 파악하고 미리 피하든, 대비하든 하라는 의미로 제작되고는 한다.

명색의 천하십대고수 중 하나이자 사파무림의 지존씩이나

되는 유명인인 사도련주의 용모파기야 지천에 널릴 대로 널린 물건이다.

"쩝."

용모파기와 사내를 번갈아 보던 이현은 입맛을 다셨다.

'혹시나 했는데.'

자칭 사도련주라는 사내의 주장에 따라 용모파기를 확인해 보았다.

그리고 그 결과는……

"역시 이럴 줄 알았습니다! 사도련주가 뭔 할 짓이 없어서 멀쩡한 사도련 두고 여기서 이러고 있겠습니까!"

"말은 맞는 말이지요. 상식적으로 생각해 봐도 사도련주쯤 되는 고수가 고작 쇠사슬에 묶여 이러고 있다는 것 자체가 말이 안 되는 일이니까요."

정만과 옥분의 말처럼 혹시나는 역시나였다.

"그, 그건 용산산 때문에……"

사내가 뒤늦게 이유를 설명하려 했다.

"용산산? 그게 뭐야?"

이현이 물었다.

그 물음에 대한 대답은 옥분에게서 흘러나왔다.

"만박괴라는 노괴가 죽기 직전에 만들었다는 산공독으로 유명하죠. 들리는 말로는 같은 무게의 금에 버금갈 만큼 귀한 물건이랍니다."

"오! 그래?"

"예. 하지만 바보가 아닌 이상에야 당할 리 없는 독입니다. 딱 냄새나 맛에서부터 차이가 나니까요. 후각과 미각이 동시에 먹통이 되지 않는 한 누가 그딴 독에 당하겠습니까."

"그, 그건······!"

옥분의 설명에 급히 입을 열었던 자칭 사도련주는 이내 내뱉던 말을 삼키고 입을 다물었다.

대신.

"그, 그래! 초 소저께 물어보면 될 것 아니오! 초 소저라면 확실히 알려 줄 것이 아니오!"

새로운 대안을 내놓았다.

용모파기로 믿을 수 없다면, 초희에게 직접 물어보면 된다.

애초에 이현이 들이닥치기 직전부터 그와 함께 있었던 초희라면 확실히 그를 향한 의심을 걷어 줄 수 있을 것이라 사내는 확신했다.

하지만.

"귀찮게 왜? 그리고 그년이 거짓말할 줄 내가 어떻게 알고?"

정작 이현은 시큰둥했다.

초희에게 직접 물어보는 것을 생각해 보지 않은 것은 아니다. 하지만 초희의 무얼 믿고 물어본단 말인가.

오늘이 초면이다. 거기에 한바탕 싸움질까지 한 마당이다.

그런 그녀를 무얼 믿고 물어볼 것이며, 물어본다고 한들 그녀가 사실대로 말해 줄지 아닐지는 이현으로서는 알 수도 없는 일이다.

그것보다야 차라리 용모파기에 그려진 얼굴을 대조해 보는 것이 확실하다.

'분명 야율한 때 한번 싸우긴 했는데, 기억이 안나!'

사실 야율한 때 제대로 기억하기만 했다면 지금 이렇게 있을 이유도 없었다.

그때 분명 사도련주와 마주했고, 심지어 목숨까지 거두었다.

그런데 기억이 안 난다.

파죽지세로 남하를 시작한 야율한이 선보인 압도적인 무위에 사파의 여러 문파가 지레 겁을 먹고, 사도련을 떠나 스스로 휘하에 들기를 청했었다.

그러다 보니 정작 야율한 때 상대한 사도련은 껍데기만 남아 있었고, 사도련주와 벌인 마지막 일전은 이미 더는 대세에 지장을 주지 않을 만큼 사소한 일이 되어 버렸다.

싱겁게 끝나 버린 싸움이다.

당연히 기억날 리 없다.

어렴풋이 기억나는 것이라고는 사도련주의 무위가 천마에

비견될 정도였다는 것이 전부다.

차라리 천마와 싸우기 전에 마주쳤다면 기억이라도 했을지도 모른다.

하긴, 야율한의 손으로 끊은 목숨이 몇 개이고 무너진 문파가 몇 개인데.

특출 나게 바보 같지도 않고, 끈질기지도 않고, 지독하지도 않았던 상대를 기억할까.

이유야 어찌 되었든 용모파기라는 가장 확실히 믿을 수 있는 물증이 말해 주는 것은 명확했다.

"청색 눈동자. 근데 네 눈깔은 검정색이네?"

이현은 용모파기에 그려진 사도련주의 특징과 자칭 사도련주의 특징들을 하나하나 대조했다.

"청백 빛의 긴 장발. 근데 네 머리는 그냥 검은 장발이고?"

벌써 용모파기와 일치하지 않는 것이 두 개나 되었다.

하지만 아직 끝나지 않았다.

"매를 닮은 눈매는? 굳게 닫은 입술은? 계집같이 하얀 피부는?"

조목조목 살펴봐도 일치하는 것보다 일치하지 않는 것이 더 많다.

그나마 이현이 찾은 일치하는 것이라고는 둘 다 중년 남자라는 것. 그리고 그중에서도 제법 미남자라는 것.

그것이 전부다.

결론은 났다.

"사도련주는 개뿔!"

자칭 사도련주라고 주장하는 미친놈은 사도련주가 아니다.

아무리 우겨 봐도 전혀 일치하지 않는 눈 색깔과 머리 색깔은 어찌할 수 없는 법이다.

특히 무엇보다 사내를 사도련주라고 볼 수 없는 결정적인 것은.

"그래! 이랬었지!"

고작 종이 위에 그려진 용모파기로도 전해지는 사도련주의 기운.

그것이 야율한 때 남아 있던 얕은 기억을 끄집어냈다.

사도련주가 이룬 모든 것이 파국을 향해 치닫고 있을 때.

사도련주는 끝까지 꺾이지 않았다.

죽음을 마주하는 그 순간까지 솜털이 쭈뼛 서리만큼 날카롭고 서늘한 패기를 내뿜었다.

사파를 이끄는 절대자의, 절대자다운 기백이었다.

"저딴 놈이랑 비교될 수 없는 자다."

스스로 사도련주라고 주장하는 찌질한 사내 따위와 비교하는 것도 터무니없는 일이었다.

"가자."

이현은 미련 없이 몸을 돌렸다.

혹시나 하는 기대가 역시나 하는 실망으로 돌아왔을 때의 그 더러운 기분보다, 끝을 향해 달려가길 두려워하지 않았던 사도련주와 찌질한 사내를 두고 혹시나 하는 기대를 했다는 사실이 어처구니가 없다.

더는 놀아날 생각이 없다.

"그럼 이자는 어떻게 합니까?"

미련없이 돌아서 버리는 이현을 향해 옥분이 물었다.

이미 자칭 사도련주의 주장이 거짓임은 확인된 상황이다.

그러나 그의 처우가 애매했다.

애초에 내내 쇠사슬에 묶여 있던 그를 다른 수적과 같은 취급을 할 수도 없는 일이고, 그렇다고 아군으로 취급할 수는 더더욱 없는 일이다.

그런 옥분의 물음에.

"알아서 해."

이현은 대충 대답을 마치며 자리를 빠져나갔다.

"에이씨! 시간만 버렸네."

돌아서 걷던 이현이 신경질적으로 손에 쥔 용모파기를 허공에 내던졌다.

그 용모파기가.

철썩!

"어푸! 어푸푸!"

강바람에 자칭 사도련주라는 사내의 얼굴 위로 날아가 붙어 버렸다.

그 순간 옥분의 눈썹이 꿈틀거렸다.

"음?"

갑자기 시야가 가려져 버둥대는 가짜 사도련주의 위로 용모파기에 그려진 진짜 사도련주의 얼굴이 덧씌워졌다.

"……"

그 광경에 이유 없이 묘한 기분이 찾아들었다. 가짜 사도련주의 얼굴에 덧씌워진 진짜 사도련주의 얼굴이 묘하게 겹치고 있었다.

하지만 이윽고.

"어푸! 어푸푸! 살려 주시오! 이것 좀 치워 주시오! 숨이! 숨이 안 쉬어지오!"

막혀 버린 숨통에 발버둥 치는 가짜 사도련주의 촐랑 맞은 반응에 옥분을 찾아왔던 묘한 기시감은 거짓말처럼 사라졌다.

옥분은 고개를 저었다.

"그래. 사도련주는 무슨!"

생긴 건 비슷할 수 있을지 몰라도, 저런 팔푼이가 사도련주

씩이나 될 리 없다고 옥분은 생각했다.

*   *   *

사흘이 지났다.

정리도 끝났다.

수적왕을 잡았으니 수적 토벌은 사실상 끝난 것이나 다름 없다.

이제 돌아가야 한다.

혜광이 기다리고 있는 무당파로.

"······마음에 안 들어!"

이현은 심기가 불편했다.

최대한 무당파로 돌아가는 날을 미루려 애썼던 모든 노력 이 물거품이 되어 버렸다.

"모두 저년 때문이야!"

쓸데없이 가슴만 큰 년.

그 큰 가슴 때문에 운 좋게 살아난 년.

수적왕 초희다.

위협사격이란 쓸데없는 명령을 해서 이 꼴이 됐다. 그때 그 명령만 아니었으면, 재수 없게 대포에 맞는 일도 없었을 테고, 그랬다면 지금쯤 여전히 선상 잔치를 즐기고 있었을 것이다.

무당 복귀가 이렇게 성큼 다가온 것은 모두 다 그 쓸데없는 명령 때문이다.

"어머! 목이 마른데. 이걸 어쩌죠?"

그런데 그 원흉이 지금.

"제가요! 제가 떠올게요. 청화가 떠올 거예요!"

그저 가슴 때문에 초희에게 푹 빠져 버린 청화와,

"잠시만 기다리십시오! 제가 곧 떠오겠습니다!"

"저는 그럴 줄 알고 미리 준비해 왔습니다!"

"아예 물 급하게 드시다 체하지 마시라고 나뭇잎을 띄워 오겠습니다!"

"저는 물 드시다 몸보신 하시라고 잉어 한 마리 넣어 오겠습니다!"

그저 가슴 때문에 초희에게 푹 빠져 버린 시커먼 사내들이 앞다퉈 몸종이 되길 자처하는 상황 속에서 고민하고 있었다.

"어머! 이걸 어쩌나……?"

짐짓 난감한 듯하지만, 안다.

즐기고 있다.

'여우 같은 년!'

싸움에 져서 포로로 잡힌 주제에 대접은 여왕 부럽지 않다.

손발을 구속하는 것도 하나 없고, 하다못해 행동에 제약을 주는 것도 없다.

초희는 그런 상황을 만끽하며 또 이용하고 있었다.

당연히 이현은 마음에 들지 않았다.

지금 누구 때문에 무당파로 돌아가게 생겼는데!

당연히 소리가 높아졌다.

"이것들이 정신 안 차릴래? 저년이 무슨 너희 상전이야? 하여간 계집이라면 정신 팔려서! 왜? 간이고 쓸개고 다 빼 주지? 아니다! 그냥 내가 직접 니들 간 쓸개 다 빼서 저년한테 주리?"

"큭! 죄, 죄송합니다."

불꽃에 꼬이던 나방들이 이현의 부리부리한 눈망울을 마주하더니 어깨를 움츠렸다.

여기서 끝이 아니다.

"쥐똥! 너도 정신 차려! 저년이 어떤 년인 줄은 알고 있어? 저년이 너 죽이려고 했던 년이야!"

청화에게도 따끔하게 일침을 놓았다.

대포를 맞고 그 충격에 청화가 기절했던 것도, 초희가 이현의 약점을 공략하기 위해 집요하게 청화의 목숨을 노렸던 것도 모두 사실이다.

그 사실도 모르고 그저 초희에게 쏙 빠져 헤헤거리는 청화를 잠자코 내버려 둘 만큼 이현은 속 좋은 인간이 아니었다.

그 말에.

"지, 진짜예요? 정말 언니가 저 죽이려고 했어요?"

좀 전까지만 해도 헤실거리기 바쁘던 청화의 눈망울이 울먹거렸다.

아무리 그것이 사실이라 할지언정.

그때야 박 터지게 싸우고 있을 때고, 지금은 다 끝난 마당이다.

지금껏 줄곧 호의를 보내온 청화를 실망하게 할 수 없었는지 초희가 급히 고개를 저으며 말을 꺼냈다.

"어머, 동생! 그럴 리가! 동생은 저 인간 말 믿지 마렴. 저 변태 색……."

"으아아악! 이게 누구 죽는 꼴 보려고 애 앞에서 못하는 소리가 없어!"

초희의 말에 질겁을 한 것은 이현이다.

전광석화와 같은 움직임으로 순식간에 청화와의 거리를 좁혔다.

그리고 굳은살 박인 손으로 청화의 귀를 급히 막았다.

웅웅!

그런 이현의 양손에서 기묘한 공명이 일어나고 있었다.

공력을 일으키고 있다는 증거다.

기막을 펼쳐 안의 소리를 밖으로 새 나가지 못하게 할 수 있다. 그 말은 즉, 발상의 전환에 따라 기막 밖에서 들려오는 소리도 안으로 전해지지 않게 차단할 수 있다는 의미다.

고작 청화가 초희의 말을 듣지 못하게 하려는 행동치고는 지나치게 과한 행동이다.

하지만 이현은 그만큼 절박했다.

'쥐똥이 알았다가는 혜광 그 미친 노인네도 알게 된다!'

청화가 초희의 가슴을 만지던 것을 감상했다는 사실을 혜광이 안다면…….

깊게 생각하지 않아도 그 결과가 어떨지는 눈앞에 선하다.

최소 뼈와 살이 분리되는 고통을 겪으리라!

무당파로 돌아가는 것도 억울한 마당에, 그 고통을 당할 수는 없는 일이다.

"너, 쥐똥한테 그딴 소리 한 번만 더하면 죽는다!"

이현은 초희를 노려보며 으르렁거렸다.

지금이야 어찌어찌 막았다지만, 만약 그가 없을 때 초희가 청화에게 이야기한다면 어찌 될까.

'젠장! 그때 진작 죽였어야 했는데!'

청화가 초희를 마음에 들어 하지 않더라면 지금이라도 죽여 후환을 남기지 않고 싶은 심정이다.

하지만 이제 와 후회해도 다 부질없는 일이다.

이현의 으르렁거림에 초희는 위축되기는커녕 오히려 코웃음 쳤다.

"어머! 화나셨나요? 그러기에 말조심하셨어야죠. 우리 동생이 그런 말을 들으면 얼마나 슬퍼하겠어요."

초희는 여유롭게 대구하며 이현에 의해 양 귀가 가려진 청화의 머리를 쓰다듬었다.

"헤헷!"

청화는 또 그것이 뭐가 좋다고 조금 전까지 울먹거렸었던 것도 잊고 헤벌쭉거린다.

물론, 이현은 그런 청화의 기분 따위는 안중에도 없었다.

"왜? 내가 없는 말 했냐? 네년이 쥐똥 죽이려고 했던 건 사실이잖아!"

"저도 없는 말을 하진 않았죠. 우리 동생 뒤에서 몰래 제 가슴 훔쳐본 것은 사실이잖아요. 변태 색골처럼!"

한마디도 곱게 지는 법이 없다.

뭐 틀린 말도 아니다.

사실이 그랬으니까. 반박할 말이 있을 리가 없다.

그러나 이현은 뻔뻔했다.

두꺼운 낯짝이야말로 온갖 욕 먹고 사는 나쁜 놈들의 필수 조건이 아니던가.

이현은 이미 야율한 때 그 필수 조건을 충분하다 못해 지나칠 만큼 과하게 충족시킨 인간이었다.

"그래! 나 변태다! 청화 뒤에서 훔쳐봤다! 근데 그게 왜! 남자가 변태 아니면? 그게 더 위험한 거야 이년아! 안 그래?"

적반하장도 유분수다.

스스로 당당하게 변태임을 인정하는 이현의 얼굴에서는 한 치의 부끄러움도 없었다.

아니. 오히려.

움찔!

희번덕거리는 눈동자로 주위를 훑는 이현의 서슬 퍼런 기세에 여기저기서 어깨를 움찔하는 인물들이 있었다.

정만, 옥분. 모산발과 장한곤.

그 날 이현과 함께했던 공범들이었다.

"그…… 뭐…… 부정할 수는 없지요."

이현의 서슬 퍼런 눈빛을 견디다 못한 옥분이 슬그머니 고개를 돌려 외면하며 말했다.

"……크흠! 크흠!"

다 늙어서 변태 행각에 동참한. 그것도 한때는 자신이 속한 장강십팔채의 총표파자인 초희의 가슴을 훔쳐 보았던 모산발은 붉어진 얼굴로 고개를 숙인 채 연신 헛기침을 토해 냈다.

"그…… 저는…… 그러니까 의도한 바는 아니었으나…… 아무튼 그 황홀한…… 크흑!"

자신이 한 일과 이상 사이에서 갈등하던 협의지사 지망생 장한곤은 결국 눈을 질끈 감아 버렸다.

어떤 말로도 부정하긴 힘든 눈치다.

그리고.

"예! 그럼요! 그때 거기서 눈 안 돌아가면 그게 어디 부랄 달고 태어난 놈이 할 짓입니까? 그게 정상입니다! 예! 부랄 달고 안 그러면 그게 더 위험한 놈이 아니겠습니까!"

생각도 없고, 개념도 없고.

오로지 이현을 향한 근거 없이 맹목적이기만 한 충성심밖에 없는 정만이 당당하게 고개를 끄덕이며 이현의 말에 동조하고 나섰다.

그것도 모자라.

"아! 왜? 너희는 그 상황에 안 그럴 것 같으냐! 까 놓고 이야기해 보자! 너희 그때 그 상황에 같이 있었으면? 안 봤을 것 같아? 안 보면 그게 더 이상한 놈 아니야?"

방관자에 불과했던 수하들을 향해 당당히 질문까지 던진다.

"……"

정만의 물음에 누구도 답하지 않았다.

아니, 부정하지 않았다고 말하는 편이 더욱 확실한 말일 지도 모른다.

심지어.

끄덕끄덕!

개중엔 묵묵히 고개를 끄덕이며 동조하는 이들까지 있었다.

대다수가 산적, 수적, 마적인 구성원들이다 보니 이런 쪽으로 염치도 체면도 하다못해 개념도 없는 인간들이 수두룩한 곳이었다.

그러한 주위의 반응에 이현은 더욱 뻔뻔해졌다.

"그래! 봤지? 이게 정상이라고! 정상!"

눈 하나뿐인 사람들만 사는 마을에 눈 두 개 달린 인간은 비정상이듯.

시커먼 변태들만 가득한 이곳에서는 변태가 정상이었다.

"정말……."

사태가 이렇게 흘러가니 아무리 초희라도 할 말이 있을 턱이 없다.

변태 소굴에서 무슨 말을 한들 소용이 있겠는가.

그때였다.

"……저……."

초희의 패배로 흘러가던 분위기 속에서 대세를 거스르는 목소리가 있었다.

"저, 저는 그때 훔쳐보지 않았소만?"

휙!

"어떤 놈이 말 같지도 않은……."

대세를 거스르는 말도 안 되는 헛소리에 화가 난 이현은 목소리의 주인을 쫓아 고개를 돌리다 이내 말을 흐렸다.

다른 이들도 마찬가지다.

"……."

변태들만 가득한 이곳에서 대세를 거스른 배신자를 확인하고도 아무런 비난도 할 수가 없었다.

"저 썩을 짝퉁!"

가짜 사도련주.

대세를 거스른 배신자의 정체다.

어디서 구했는지 알 수도 없는 앞치마를 두르고, 시키지도 않은 갑판 걸레질을 열심히 하던 그는 졸지에 자신까지 같이 변태로 도매 처리될 상황이 되자 입을 연 것이다.

가짜 사도련주는 모두의 시선이 자신에게 집중된 이 상황에 불안해하면서도 주장을 꺾지 않았다.

"그, 그때 난 분명히 동참하지 않았소! 또 나는 말리기까지 했소! 사실이오! 초 소저는 오해 마시오! 난 이들과 같은 변태가 아니란 말이오!"

"푸홋! 보셨죠? 이게 정상적인 사람들의 모습이라고요. 그래도…… 좀 아쉬운데요? 다른 사람은 몰라도…… 꼭 봐야 할 사람이 안 보셨네요."

"무, 무슨 소리를 하는 거요! 꼭 봐야 할 사람이라니! 서, 설마 나는 아닐 것이라 믿소! 아니, 나는 아니어야 하오! 나는 토끼 같은 부인이 있는 몸이외다!"

변태가 일반인이 되던 상황이 가짜 사도련주의 가세로 다시 기울기 시작했다.

"끙! 저 쓸데없는 짝퉁 놈은……!"

이현은 불만스럽게 가짜 사도련주를 노려보았지만, 그렇다고 무어라 말을 하진 않았다.

사실이니 반박할 수가 없다.

'그러고 보니 저 녀석은 전혀 관심 없었지!'

눈앞에 펼쳐지는 진풍경을 두고서도 가짜 사도련주는 전혀 관심을 보이지 않았다. 오히려 줄기차게 자신이 사도련주라고 주장하며 관심을 구걸했을 뿐이다.

'왜? 그 좋은 구경거리를 놓아두고?'

이현의 상식으로는 이해가 안 되는 일이다.

굳이 찾아 나서진 않는다고, 해도 눈앞에 펼쳐진 진풍경을 그냥 외면하고 지나치는 것은 아니지 않은가.

'그러고 보니!'

이해할 수 없는 것들이 한둘이 아니다.

지금도 그랬다.

쇠사슬을 풀어 주고 나니 누가 시킨 것도 아닌데 스스로 나서서 앞치마를 두르고 청소를 시작한다. 아주 계집 저리 가라 할 정도로 더러운 갑판 바닥을 빡빡 닦아 댄다.

그뿐만이 아니다.

사내놈이 요리는 또 어찌 그리 잘하는지!

다리 네 개 달린 것들 중 책걸상만 빼고 아무거나 가져다줘도 천하일미로 요리해 낼 실력이다.

"어어엇! 거기 밟지 마시오! 아직 물기가 안 말랐단 말이오! 이러면 또 얼룩져서 다시 닦아야 하지 않소! 하여간 내가 몇 번을 말하오! 물기 마르면 디디라니까!"

뭔 놈이 이렇게 잔소리가 많은지 모를 지경이다.

짝퉁 사도련주가 배 위에 올라탄 이후로 그의 잔소리를 듣지 않은 인간이 없을 정도다. 오죽했으면 나름 깔끔한 척하던 옥분까지 오늘 오전 내내 잔소리를 들었을 정도다.

뭔가가 머리 한쪽 구석을 간질였다.

"좋아하는 것은 요리와 청소. 그리고 잔소리는 덤!"

이현은 그 간질거리는 것들을 조용히 입 밖으로 흘려보냈다.

"그리고 여자에겐 관심이 없다?"

머릿속을 간질거리던 것들이 점점 더 구체화되었다.

이현은 깊게 가라앉은 눈으로 가짜 사도련주를 응시했다.

이현뿐만이 아니다.

배 위에 있던 모든 사내들의 시선이 가짜 사도련주를 향하고 있었다.

"왜, 왜 그런 눈으로 보시오들?"

자신을 바라보는 달라진 시선 탓일까.

가짜 사도련주의 얼굴은 눈에 띄게 당황한 기색이 역력했다. 이마에는 식은땀까지 흘러내린다.

그 모습에 순간 이현은 생각했다.

비록 두 눈으로 본 적은 없지만, 그런 부류의 남자들이 있다고는 들어 알고 있었다.

'저거 남자 좋아하는 것 아니야?'

남자 좋아하는 남자.

그리고 그건 비단 이현만이 떠올린 생각은 아니었다.

"왜, 왜 그러시오! 왜 그런 눈으로 보냐니까!"

당황한 가짜 사도련주가 소리쳤지만, 이현은 더는 그와 눈을 마주칠 마음이 없었다.

이현이 고개를 돌렸다.

그리고.

"저거 다시 묶어 놔!"

취향은 존중하지만, 그냥 자유롭게 내버려 두는 것은 께름칙했다.

이현의 명령에 갑판 위에 있던 사내들은 기다렸다는 듯 가짜 사도련주를 향해 달려들었다.

그들 또한 이현과 같은 심정이었다.

"왜, 왜 그러시오! 잘못했소! 뭔지 모르겠지만 내가 다 잘못했소! 왜 다시 묶는 거요! 이것 놔! 변태 짓에 동참하지 않았다고 다시 묶는 건 너무하잖아! 이거 놓으라고 이것들아! 내공만 돌아오면 절대 가만히 있……!"

가짜 사도련주는 그렇게 쇠사슬에 풀려난 지 사흘 만에 다시 묶여야만 했다.

第二章

　　고래 싸움에 새우 등 터지듯, 이현과 초희의 싸움에 엄한 가
짜 사도련주가 피해를 봤다.

　　"이것 좀 풀어 주시오! 아니, 이유라도 말씀해 달란 말이오!
야 이 자식들아!"

　　온몸에 쇠사슬로 결박되고, 그것도 모자라 선체 하부에 처
박아 버렸다.

　　그러고도 그의 외침이 갑판 위까지 선명하게 들려올 정도다.

　　근성이 좋은 것인지, 목청이 좋은 것인지는 모르겠지만 어쨌
든 대단한 인간임은 확실했다.

　　그사이.

"이제 어쩌실 거죠?"

초희가 이현에게 물었다.

앞으로 어떻게 할 것인지, 그리고 자신을 어떻게 할 것인지에 대해 묻는 질문이었다.

"돌아가야지! 무당파로. 썅!"

대답하는 이현의 표정은 참혹하게 일그러져 있었다.

"아~ 돌아가기 싫다!"

모든 진심을 담은 말이 절로 입 구멍 밖으로 튀어나오는 실정이다. 그만큼 이현은 돌아가기 싫었다.

돌아가기 싫음에도 돌아가야 하는 현실에 진저리치던 이현이 불현듯 옥분을 향해 고개를 돌렸다.

"야! 옥분아!"

"옥순이라고 불러 주십시오!"

"그래! 옥분아!"

아무리 옥순이라고 개명한 이름을 알려 줘도 결국 이현이 부르는 이름은 옥분이다.

이현이 그렇게 부르니 다른 이들도 모두 옥분이라고 부르고 있는 실정이다.

"아! 왜요!"

당연히 옥분의 말투에는 불만이 가득했다.

그러거나 말거나.

"저번에 사도련 이야기했었지? 걔네 위로 올라오고 있다고?"

"예! 최근 이동 경로로 보면 지금 우리가 있는 쪽을 경유할 계획인 듯싶습니다. 어쩌면 진짜 우리가 목적일지도 모르고요."

"흠…… 그래? 왜?"

"사파의 세 축 중 두 개를 도사님이 박살 내지 않았습니까! 사도련 쪽에서야 씹어 드시고 싶으시겠지요."

"하긴."

이현은 담담히 고개를 끄덕였다.

사도련에서 이현을 향해 이를 바득바득 갈고 있다고 해도 그럴듯했다. 어쨌든 이현이 기존까지 존재하던 사파무림의 틀을 완전히 흔들어 놓았으니까. 원한이 생길 만도 했다. 특히나 지금 같은 시국에는!

"야! 옥분아!"

이현이 다시 옥분을 불렀다.

씨익!

사파가 자신을 향해 이를 갈고 있다는데도 이현은 전혀 걱정하는 얼굴이 아니었다.

아니, 오히려 무언가 즐거운 얼굴이다.

"왜, 왜요? 또 무슨 말도 안 되는 소리를 하려고 그러십니까? 제발 이번엔 사고 치지 말고 그냥 갑시다! 예?"

눈치 빠른 옥분이 그것을 모를 리 없다.

이현에게서 느껴지는 불길함에 옥분이 서둘러 말했다.

하지만 다 소용없는 짓이다.

이현이 언제 남의 말 귀담아듣는 인간이었던가.

"우리 이렇게 된 김에 사도련도 확 쳐 버릴까? 어차피 쟤네들도 나한테 원한 있다면서? 후환을 남겨서 뭐해! 이참에 그냥 쓸어버리지! 안 그래?"

역시나.

옥분이 생각하는 최악의 상황을 입에 올리는 이현이다.

"미쳤습니까? 무당파 돌아가기 싫다고 사도련을 쓸어버리자니요! 누구 죽는 꼴 보고 싶어서 그래요? 사도련이 어디 동네 파락호 같은 놈들인지 아십니까?"

옥분이 입에서 불을 뿜었다.

옥분의 상식으로는 이현의 말 자체가 말이 안 되는 일이다.

자신의 문파로 돌아가기 싫다고, 사파의 중심인 사도련과 싸우자니! 그것이 어디 말이나 될 일이란 말인가.

"걔네랑 싸우면 우리 피 봅니다! 한둘 죽어나가는 걸로 안 끝난다니까요?"

명색의 사도련이다.

그 사도련과 마적, 산적, 수적이 연합해 싸운다는 것은 그야말로 계란으로 바위 치기다.

아니다.

냉정히 생각해 보면 숫자는 조금 더 앞설지도 모른다. 문제는 그렇게 치고받고 싸우면 최소한 지금 이현을 따르는 이들 중 절반 이상이 죽어서야 싸움이 끝날 것이라는 점이다.

고작 무당파 돌아가기 싫다고 떼쓰는 이현 때문에 절반의 목숨 이상을 죽은 목숨으로 만들 수는 없는 일이다.

"에이! 왜 그래? 마교랑도 싸웠는데 사도련이랑은 왜 못 싸워? 마교에 비하면 쟤네 상대하는 건 식은 죽 먹기잖아. 안 그래?"

"안 그래요! 식은 죽이 아니라 쉰 죽입니다! 쉰 죽 잘못 먹으면 배탈 나서 피똥 싼다는 것도 모르십니까?"

이현은 쉽게 생각을 접을 기세가 아니었다.

그런 이현을 말려야 하는 옥분은 입이 바싹바싹 말랐다.

그런 옥분의 심정도 모르고.

"도사님께서 원하신다면 까짓것 사도련이고 나발이고 다 쓸어버리면 될 일 아니겠습니까! 연장 챙깁니까? 도사님?"

생각도 없고 개념도 없이 충성심만 가득한 정만이 이현의 의견에 찬성하고 나섰다.

그뿐인가.

"아아! 역시 도사님이십니다! 사파의 중심이라는 사도련마저 두려워하지 않는 도사님의 모습에 이 장한곤은 큰 깨달음……."

"넌 닥쳐! 입 열지 마! 입 여는 순간 모가지를 확 따 버릴 테니까 그렇게 알아! 알겠어?"

"……예."

사파의 중심인 사도련을 치자는 그 한마디에 이미 감격의 바다에 빠져 버린 장한곤은 이현의 으름장이 있고 나서야 입을 다물었다.

옥분의 머리에 경종이 울렸다. 이 분위기 그대로 내버려 두었다가는 정말 사도련과 한바탕 싸울 판이다.

"산적 털고, 저희 마적단도 털고, 마교도 털고 수적도 털어 보시니까 사도련이 만만해 보이십니까? 마교랑 싸울 때는 화탄이라도 있었지요! 사도련과 싸울 때는 뭐가 있습니까? 아무것도 없이 맨몸으로 싸워야 한단 말입니다!"

툭 까놓고 말해서.

화탄이 없었으면 마교와의 싸움도 큰 희생을 치러야 가능했던 일이다.

그것도 마교에서 마적 토벌을 위해 출정시킨 무사단을 상대로 한 싸움이었지, 지금처럼 사도련의 핵심 무사단을 상대로 한 싸움은 아니었다.

"왜 없어? 수적들도 있고, 대포도 있잖아."

"대포요?"

"그래. 저년이 쏜 거!"

화탄을 대체할 강력한 전력 무기.

그 존재를 알리는 이현은 손가락으로 초희를 가리켰다.

수룡채에 있던 대포를 의미하는 것이다.

"있으면 뭐합니까? 쏠 줄을 모르는데!"

"수룡채 애들 시켜! 수룡채 애들은 알잖아."

"걔들을 뭘 믿고요? 그러다가 배신해서 저희한테 쏘면요? 그러면 다 죽는 겁니다! 아시겠습니까?"

"난 살 수 있어. 그때 봤잖아."

"저희는요. 죽습니다!"

이현의 한 마디 한 마디에 옥분은 발작했다. 하나같이 말도 안 되는 헛소리만 하고 있으니 속에서 천불이 날 지경이다.

'할 수만 있으면 한 대 쥐어 패고 싶다.'

비록 입 밖으로 꺼내는 불상사는 일어나지 않았지만, 이현을 바라보는 옥분의 두 눈은 분명 그렇게 말하고 있었다.

자고로 말 안 듣는 애들은 매가 약인 법이다.

"잠깐 소녀가 한마디 해도 될까요?"

그런 옥분을 구해 줄 구원자가 있었다.

초희였다.

내내 흥미로운 눈으로 이현의 터무니없는 주장과 옥분의 핏대 서는 발작을 지켜보던 초희는 싱긋 웃음을 지으며 나긋한 목소리로 말했다.

"실망시켜서 미안하지만, 대포는 저희도 못 써요."

그리 길지 않은 그 말에 이현과 옥분의 반응이 극명하게 엇갈렸다.

"오!"

옥분은 환호했고,

"왜! 나한텐 잘만 쏴 놓고 왜 이제 와서 못 쏴?"

이현은 소리쳤다.

이미 한차례 대포 맞아 저승문을 건널 뻔했던 이현이니만큼 초희의 말은 전혀 믿을 수 없는 거짓말이었다.

하지만 초희의 말은 사실이었다.

"수룡채가 왜 섬처럼 거대한 규모를 갖추고 있을까요? 저만한 크기가 아니면 대포를 쏠 수 없기 때문이에요. 우리 수룡채가 사용하는 대포는 모두 개량된 것이에요. 화약도 다른 대포들과 다르죠. 당연히 반발력도 강하지요."

"그래서?"

"수룡채만 한 크기의 배가 아닌 다른 배에서 대포를 쏘면 전복된다는 말이에요. 시험해 보시겠어요?"

이현을 향해 싱긋 웃음을 지어 보이는 초희의 모습은 당당했다.

거짓말 같지는 않았다.

이현은 입술을 삐죽 내밀었다.

자신이야 상관없지만, 옥분은 분명 상관있을 것이다.

쏠 수 있는 사람은 수룡채밖에 없으나, 믿을 수 없고.

대포는 쏠 수 있으나 수룡채 정도 규모의 배가 아니면 뒤집어질지도 모른다.

하물며.

수룡채의 그 큰 배를 끌고 사도련과 싸우러 갈 수도 없는 노릇이다.

"반발력 때문이면 땅에 박아 넣으면 되잖아?"

"물론 그럼 사용할 수 있죠. 다만 설치하는 데 며칠이 걸릴 거예요. 배에서 쓰이는 장비와 땅에서 쓰이는 장비가 같을 수는 없을 테니까요. 며칠을 걸려 설치하시려고요?"

"……사도련이 바보가 아닌 이상 그냥 두고 볼 리 없지."

이현은 순순히 인정했다.

땅에 대포를 설치하는 데 족히 며칠은 걸린다. 사도련이 바보가 아닌 이상 이를 그냥 가만히 내버려 둘 리는 없다.

'미리 이동해서 설치한다고 해도…… 어차피 다 소문날 테고.'

대단위 인원이 움직이는데 소문이 나지 않을 리 없다.

그럼 결국 원점이다.

설치에 며칠이 걸리는 대포를 쓰려고 족히 며칠은 사도련과 맨몸으로 박 터지게 싸워야 한다.

그걸 옥분이.

"절대 반대입니다! 차라리 그냥 지금 이 자리에서 절 죽이십시오! 그딴 미친 짓은 절대 사절입니다!"

허락할 리 없었다. 그렇다고 이현이 옥분의 의견을 적극 반영하는 훌륭한 군주는 또 아니다.

"오냐! 죽여 주마! 내가 한다는데 뭔 반대가⋯⋯!"

결사 반대한다는 옥분의 의견은 사뿐 지르밟은 이현은 반대로 죽여 달라는 옥분의 소원만큼은 적극 수용할 용의가 있었다.

팔을 걷어붙이고 도를 집어 들었다.

정말 죽일 기세다.

그때.

"꼭 싸울 필요는 없는 것 아닌가요? 어차피 그쪽이 원하는 건 무당파로 돌아갈 시간을 늦출 이유가 필요한 것이니까요. 이유는 모르겠지만요."

이번에도 초희가 옥분을 살렸다.

우뚝!

"⋯⋯무슨 소리야? 그게?"

옥분을 향해 대도를 날리기 직전이었던 이현이 움직임을

멈춘다.

그리고 초희를 가만히 바라본다.

"무슨 소리긴요. 그 말 그대로죠. 명분이 필요한 것뿐이라면 굳이 싸울 필요가 없다는 뜻이에요."

"싸울 필요 없이 명분을 만들 수 있다? 그게 무슨 개 소리야?"

"호홋! 제가 누구라고 생각하시나요?"

이현의 물음에 초희가 여유롭게 반문했다.

"가슴 큰 년."

거기에 대한 이현의 대답은 일고의 고민도 없었다.

"이봐욧!"

그 말에 초희가 발끈해서 소리 질렀다.

그녀도 설마 이현의 입에서 이런 대답이 나오리라고는 생각지도 못했으리라.

하지만 초희는 극도의 인내심으로 흥분을 잠재웠다.

"잊으셨나요? 저는 수적왕이에요. 천하십대고수 중 한 사람이자, 사파를 지탱하는 세 기둥 중 하나예요."

"그런데?"

"협상하세요. 저 정도라면 사도련에서도 관심을 보이지 않을까요?"

협상.

"……."

초희의 입에서 나온 그 말에 이현은 물론 누구도 쉬 입을 열지 못했다.

"널 넘기는 조건으로 사도련과 협상하라?"

이현이 다시 한 번 그녀의 의중을 떠보았다.

"서로 원하는 것을 얻을 좋은 기회가 되지 않을까요?"

부정할 수 없다.

이현은 무당파로 돌아갈 때를 늦출 구실이 필요했고, 초희는 포로의 신분에서 자유로 돌아갈 수 있다. 그리고 사도련의 입장에서는 사파를 받치는 세 기둥 중 하나를 다시 되찾아 올 수 있는 절호의 기회기도 했다.

"절 데려다 어디에 쓰실 생각이신가요? 고민할 필요가 없을 텐데요."

그녀의 말대로 그녀를 데려간다 한들 써먹을 데가 없다. 말 안 듣는 건 옥분으로도 충분했다.

이현에게 초희란 그저 가슴 크고 몸매 좋은 십대고수일 뿐이다. 가슴 크다고 데려다 첩으로 삼기에는 이현의 행복을 적극 반대하는 혜광이 가만히 있을 리도 없고, 까딱하다가는 잠자다가 초희에게 칼 맞을 수도 있다.

미련 없다.

이현은 그녀를 향한 시선을 거두었다.

대신.

"옥분아."

옥분을 바라보았다. 눈치 빠른 옥분이 그 시선이 의미하는 바가 무엇인지 모를 리 없었다.

'이번에도 반대하면 진짜 죽여 버린다?'

이현의 눈이 분명 그렇게 말하고 있었다.

도를 잡은 팔이 움찔움찔거리며 옥분의 해석에 신빙성을 더해 주고 있었다.

"후우. 알겠습니다. 연락 넣어 보겠습니다."

옥분은 급히 자리에서 일어섰다.

사도련에 연락을 넣어야 하니 한시라도 서둘러야 했다.

그 순간에도 옥분의 머릿속은 빠르게 돌아가고 있었다.

가장 빨리 연락을 취할 방법.

'아무래도 간저의 도움을 받아야 할 듯싶군.'

흑도를 통하는 것이었다.

*　　　*　　　*

사도련의 움직임은 급박하게 돌아가고 있었다.

그리고 이 모든 상황을 진두지휘해야 할 처지에 놓인 사도련의 총군사 호설귀는 머리가 아팠다.

"무림맹 쪽은? 어찌 되어 가고 있느냐?"

우선 가장 강력한 적으로 부상한 무림맹을 향한 경계를 늦출 수 없었다.

"이미 신강에 진입한 지 오래입니다. 취합한 정보를 통해 추정하면, 아마 지금쯤 천산을 치고 있을 확률이 높습니다."

"후……!"

수하의 보고에 호설귀의 시름은 더욱 깊어졌다.

"명색이 마교가 이리 쉽게 몰릴 줄이야……."

"연패를 거듭하고 있는 모양입니다. 제대로 된 대응이라 할 만한 모습은 보이지 못한 모양입니다. 때문에 무림맹의 사기도 높아졌습니다."

"그렇겠지. 머리 잃은 짐승의 팔다리가 어찌 제대로 움직이겠는가!"

짐작했던 일이기도 했다.

그래서 더욱 마음이 급했다.

천산마교. 달리 천마신교.

무를 숭상하고, 오로지 힘이 세상의 전부라 믿는 미친 인간들이 무리를 이루는 곳이다.

천마는 그들 중 가장 강한 최강자다. 그렇기에 그들은 살아 있는 사람인 천마를 신으로 모신다. 모든 권력과 체계는 천마를 중심으로 돌아간다.

그 천마가 죽었다.

오로지 힘을 숭상하고, 가장 강한 자의 명을 목숨으로 따르는 그들에게 구심점이자 가장 강한 최강자가 사라졌다.

새로운 최강자를 노리는 이들이 득실거릴 것이고, 그것은 곧 내분을 이야기한다.

아무리 단일 문파로 최강이라 불리는 마교이지만, 지금의 상황에서는 밖에서 치고 들어오는 무림맹을 제대로 막아 낼 수 있을 리 만무하다.

각 무력 집단마다 작전 전달은커녕, 제대로 된 정보 공유나 협력도 이루어지지 않는 것이 분명했다.

입술이 바짝 말랐다.

무림맹이 마교를 정리하고 나면.

그다음은 사도련이 될 것이 불 보듯 훤한 일이기 때문이다.

다만, 그 시일이 조만간이 될 것이냐, 아니면 한두 뒤의 일이 될 것이냐의 차이만 있을 뿐이다.

"알겠다. 나가보거라."

호설귀는 지끈거리는 머리를 부여잡으며 수하를 내보냈다.

그리고 시선을 돌렸다.

책상 위에 펼쳐진 서찰 하나.

흑도를 통하여 그의 탁자 위에까지 전해진 서찰이다. 또한, 지금 호설귀가 이끄는 사도련의 정예가 목표로 하고 있는 이현이 보낸 서찰이기도 했다.

가타부타 많은 말이 적혀 있었지만, 그 내용은 간단했다.

"만나서 협상하자라……."

서찰에 적힌 내용은 그것이 전부다.

무엇을 어떻게 협상을 하자는 것인지도 제대로 밝히지 않은, 글귀만 많은 서찰이다.

그것이 더욱 호설귀를 불안하게 했다.

"……왜?"

이유를 알 수가 없다.

워낙 서찰에 적힌 내용이 빈곤하기에 이현이 왜 갑자기 협상을 요구하는지 도통 감이 잡히지 않았다.

호설귀는 몰랐지만, 그것은 옥분의 실수이자, 계산이었다.

협상 내용을 굳이 공개하지 않은 것은, 사도련이 당연히 초희를 대상으로 협상을 논의하는 것으로 알고 있을 줄 알았기 때문이다.

반대로 요구 사항을 적지 않은 것은 협상이 벌어질 시 심리적 우위를 차지하기 위함이었다.

그것을 알 리 없는 호설귀는 아쉬울 것 없는 이현이 왜 갑자기 협상을 요구하는지 그 이유를 알아내기 위해 골머리를 앓아야 했다.

이유를 찾자면 많다.

"혹, 사도련에 끈을 만들어 놓기 위해?"

가장 무난한 경우다.

이현은 정파 무림에 떠오르는 신성이다. 이후 사도련에 끈을 만들어 놓으면 최후의 한 수로 사용하기에 부족함이 없다.

"아니, 어쩌면 이 사도련을 집어삼킬지도 모를 일이다!"

이현은 천마를 무찌른 강자다. 이번 협상 요구가 사도련을 집어삼키기 위한 물밑 작업 중 하나라면 일이 복잡해진다.

충분히 가능한 일이기도 하지만, 최악의 가정이기도 했다.

"어쩌면 그냥 단순히 무림맹이 전쟁을 치르는 동안 우리를 붙잡아 두려는 것일지도 모르겠구나!"

정말 단순하게.

무림맹이 마교를 치는 동안 후방을 안정시키기 위한 목적일지도 모른다.

"……하아!"

생각이 많으니 머릿속은 금방이라도 터져 나갈 듯 아파왔다. 그럼에도 무엇도 확신할 수 없다.

그러나 거듭된 생각 끝에 찾아오는 것은 결국 현실이다.

"목마른 사람이 우물을 파는 법이지……."

아쉬운 쪽은 사도련이다.

이현이 먼저 협상을 제의해 온 것은 의아한 일이지만, 냉정하게 따져보았을 때 현재 가장 목마른 쪽은 사도련이 될 수밖에 없다.

상황이, 현실이 그랬다.

"어쩌겠는가!"

결심을 마친 호설귀는 급히 백지에 글귀를 채워 놓기 시작했
다.

협상 제의를 받아들인다는 것, 그 장소와 협상 일시를 기입
한다.

일필휘지로 서찰을 써 내려가면서도 호설귀의 머리는 빠르
게 돌아가고 있었다.

그러나 그러면서도 단 한 번도 붓을 멈추는 일은 없었다.

고민은 충분했다.

시간은 사도련의 편이 아닌 이상 이제 최대한 서둘러야 했다.

그렇게.

이현과 사도련의 첫 만남이 주선되고 있었다.

*　　　　*　　　　*

강 위에 정박한 배를 뒤로한 채.

평원 위에는 팽팽한 긴장감이 감돌고 있었다.

사파의 들쭉날쭉한 기파는 마치 야수가 으르렁거리는 것 같

은 착각을 불러일으켰다.

오십 보.

이현 측과 사도련 측은 그렇게 오십 발자국을 거리에 두고 팽팽한 대치를 이루고 있었다.

꿀꺽!

금방이라도 한바탕 대혈전을 벌일 것만 같은 기세에 담이 약한 몇몇 이들은 마른침을 꿀꺽 삼키며 긴장을 숨겨야 했다.

하지만 워낙 고요한 주위 탓일까.

그 마른침 넘기는 소리가 마치 천둥처럼 귓가에 들려왔다.

"……저 약은 놈들!"

불쑥 누군가 입을 열었다.

이현이 아니었다. 옥분이다.

옥분은 불만 가득한 얼굴로 사도련 측 진영을 노려보며 중얼거렸다.

"아직 약속한 날짜가 되려면 나흘은 더 있어야 하는데!"

협상에 응하겠다는 사도련의 전갈을 받고 옥분은 이현을 채근해 서둘러 움직였다.

어차피 서로 신뢰가 형성된 사이는 아니다.

믿을 수 없으니 미리 약속된 장소에 도착해 최소한의 안전 장치를 마련해 놓을 심산이었다.

대포를 설치하는 데 며칠이 걸린다고 했으니, 그 며칠의 시간이라도 벌어 볼 요량이었다.

그래야 만에 하나 양측이 피를 보아야 하는 상황이 되더라도 비장의 한 수쯤은 갖춰 놓은 셈이 될 테니까.

그 화포를 쏠 수 있을지 없을지는 그 뒤의 일이었다.

그런데 그 계획이 틀어졌다.

"저것들은 왜 이렇게 빨리 와서는……."

최소한 이틀 이상의 시간은 벌 수 있으리라 계산했건만 그 시간조차 확보하지 못했다. 하루의 시간으로는 배에서 실어 온 대포들도 다 옮겨 놓지 못할 시간이었다.

"차라리 배에 타 있을 걸 그랬습니다. 이대로 일이 틀어지면 우리 전부 피 봅니다!"

옥분은 불안한 눈으로 이현을 바라보았다.

지지리 말 안 듣는 이현이지만 어찌 되었든 이 상황에서 최종 명령권자는 이현이다.

일단 이현을 설득해야 했다.

하지만 씨알도 안 먹히는 소리다.

"그래서? 지금이라도 배에 올라타자고? 쟤들이 바보냐? 그걸 내버려 두게?"

그토록 바라 마지않던 사도련과 마주하게 되었는데 곱게 등을 보이고 돌아설 이현도 아니었다.

그리고 냉정하게 말해 이현의 말이 맞았다.

지금 상황에서는 등을 보이고 다시 배에 올라타려는 것 자체가 더욱 위험한 행동이었다.

사도련에서 그 좋은 기회를 가만히 두고 볼 리만은 만무했다.

자고로 전쟁에서 가장 많은 희생자가 발생할 때는 서로 머리 쥐어뜯고 싸울 때가 아닌 한쪽이 등을 보이며 퇴각하는 순간이었으니까.

"그럼 어쩌려고요?"

옥분의 물음에 이현은 간단히 대답했다.

"어쩌긴. 처음 계획했던 대로 해야지. 협상! 어이 가슴 큰 년! 따라와!"

"초희라니까요?"

이현이 앞장서 걸어 나갔다.

그 뒤를 불만스러운 표정을 지은 초희가 쪼르르 따라 나간다.

옥분은 말릴 수 없었다.

지금으로서는 이현의 말이 정답이다. 꼼수로 어찌할 수 없는 상황에서 최선은 결국 정공법이었으니까.

옥분은 걸어 나가는 이현의 등을 보며 눈을 질끈 감았다.

'차라리 다행이다. 선사님을 배에 남겨 두지 않았으면 더욱 큰일이었어.'

혹시 모를 상황에 청화는 대포가 다 내려온 뒤에 배에서 내려오기로 이야기가 되어 있었다.

덕분에 사도련의 예기치 않은 빠른 등장에도 최소한 청화의 안전은 어느 정도 챙길 수 있는 상황이다.

반대로.

청화와 그녀를 지킬 만한 최소한의 인력을 제외한 모든 사람이 배에서 내려앉은 것 또한 다행이다.

최악의 순간에 적어도 머릿수로는 꿇릴 일은 없을 테니까.

자고로 질이 아니면 양이다.

옥분은 다시 감았던 눈을 떴다. 불안하게 흔들리는 눈동자는 이현을 좇았다.

'부디 조용히 끝나야 할 텐데…….'

그저 원래 계획했던 대로 협상으로 이 상황이 끝나길 간절히 바랐다.

그 순간.

선두에 선 이현이 사도련 측을 바라보며 소리쳤다.

"어이! 언제까지 뭉개고 있을 거야? 사도련주 나와!"

다짜고짜 사도련주부터 찾아 재끼는 이현의 껄렁껄렁한 태도.

초면이라기에는 상당히 무례했다.

第三章

　약속보다 빠른 사도련의 도착에 옥분이 혼란에 빠진 사이.

　그저 아쉬운 입장이기에 서둘러 도착했던 사도련의 총군사인 호설귀도 혼란에 빠져 있었다.

　"배에서 내리다니? 일전을 치러도 전혀 밀리지 않을 자신이 있단 말인가!"

　호설귀를 혼란에 빠지게 한 것은 이현의 무리가 이미 모두 배에서 내려와 있었기 때문이다.

　그건 호설귀의 예상을 벗어난 일이었다.

　배에 타 있을 줄 알았다. 그 상태로 지루한 협상이 진행될 것이라 예상했다.

만에 하나 벌어질 양측 간의 충돌에서 강이라는 일 차 저지
선을 형성해 줄 테니까.

그런데 그 저지선을 포기했다.

일이 틀어져 충돌이 벌어져도 충분히 상대할 수 있다는 자
신감으로 비추어질 수도 있었다.

"아니면 정말 싸우길 원하는 것일지도 모르겠구나!"

혹은 정말 싸우길 원하는 것일지도 몰랐다.

이현 측은 약속보다 일찍 도착한 사도련보다 먼저 도착해
진형을 꾸리고 있었다.

어쩌면 이 협상 자리가 정말 양측의 일전을 위한 함정일지
도 몰랐다.

'자칫하면 큰 손해를 감수해야 할지도 모르겠구나!'

주름진 손에 식은땀이 흘러내렸다.

패하리라 생각하지는 않는다. 하지만 미리 준비를 마친 적
과의 싸움이 가지는 위험 또한 외면할 수 없었다.

어찌 되었든.

지금은 그가 이 사도련의 정예를 이끄는 책임자다.

수많은 가정과 계산들이 호설귀의 머릿속을 어지럽게 돌아
다녔다.

그때.

"두렵소?"

그의 등 뒤로 검은 그림자가 드리워졌다.

마치 처음부터 그의 뒤에 있었던 사람처럼 너무나 자연스러운 등장이다.

"아! 흑풍이시구려!"

그 목소리에 심각하게 굳어 있던 호설귀의 얼굴이 밝아졌다.

급히 고개를 돌린 호설귀의 시선에 보이는 자는 흑포로 전신을 온통 가린 사내였다. 사내라는 것도 흑포로도 다 가리지 못하는 체형과 목소리로 미루어 짐작할 뿐이다.

사실 적지 않은 시간 동안 사도련주의 곁에서 사도련의 살림을 꾸려 온 호설귀조차 그의 이름과 얼굴을 알지 못했다.

그저 알고 있는 것이라고는 단 하나.

사도련주가 처음 강호에 등장했을 때부터 그와 함께했다는 것. 또 고작 현재 고작 쉰 명에 불과한 그들이 셋만 동원되어도 한 시진 안에 중소문파 하나를 멸문시킬 정도의 강력한 고수라는 것.

그의 물음에.

"그럴 리야 있겠습니까."

복잡했던 호설귀의 머리가 맑아졌다.

"설령 이 모든 것이 함정이라 한들 바뀌는 것은 없지 않습니까."

담담히 고개를 끄덕였다.

설령 함정이라 한들 사도련은 물러설 수 없는 입장이다.

피를 보더라도 예정대로 나아가야 한다.

저벅.

호설귀가 진영 맨 앞으로 걸어 나가기 시작했다.

흑풍의 존재를 확인하는 것만으로도 호설귀의 마음은 차분히 가라앉아 있었다. 지금으로서는 호설귀가 가장 믿을 수 있는 존재가 그들이다.

그리고 지금 이곳에.

흑풍 전원. 쉰 명.

그들이 함께하고 있다.

저벅!

호설귀의 걸음에 점점 더 자신감이 차올랐다.

그때다.

저만치 이현 측 진형에서 누군가 걸어 나왔다.

그리고 소리쳤다.

"어이! 언제까지 뭉개고 있을 거야? 사도련주 나와!"

껄렁껄렁한 태도와 함께 평원을 울려 퍼지는 목소리.

그 목소리를 듣는 순간.

"이건 또 무슨 속셈이란 말인가!"

차분하게 정리되었던 호설귀의 머릿속이 복잡하게 뒤엉

켜 버렸다.

크게 한번 고함을 내지른 이현은 자신만만한 얼굴로 사도련 측 진형을 바라보았다.

이현은 확신했다.

이 자리에 사도련주도 함께하고 있다.

없으면 모르되 있는 걸 아는 이상 앞으로의 대화는 사도련주와 나누어야 한다.

그래야 급이 맞다.

사도련주는 가만히 있고 괜히 자신만 떠들어 대는 건 자존심 상하는 일이다.

"호홋! 지금 그쪽이 무슨 말을 한 건지는 아시나요?"

그런 이현의 반응에 초희가 황당하다는 듯 물었다.

"알지. 사도련주 나오라고 했지."

이현은 당연하다는 듯 고개를 끄덕이며 응수했다.

그리고 다시 시선을 돌려 정면의 사도련 측 진형을 바라보았다.

'흑풍이 있으니 사도련주도 있다.'

이현이 이토록 사도련주가 이 자리에 있음을 확신하는 이유.

그것은 흑풍이었다.

야율한 때 사도련주를 상대하면서 흑풍과 대면한 적이 있었다.

제법 강했다.

아니, 당시엔 솔직히 놀랄 정도였다.

하나도 아닌 자그마치 오십이나 되는 고수가 왜 알려지지 않았는지 이해되지 않았을 정도였으니까.

저들 쉰 명이 함께 있을 때 그 힘은 능히 천하십대고수도 처리할 수 있을 정도였었다.

그리고 알았다.

흑풍이라는 절정고수들의 정체가 알려지지 않은 이유.

사도련주의 그림자 뒤에 숨어 오로지 그와 함께 움직이는 이들이 바로 흑풍이란 존재다.

쉽게 말해 사도련주의 친위대다. 친위대까지 이곳에 납시었는데 사도련주가 이 자리에 없을 리 없다.

그것이 이현의 생각이다.

'오랜만에 얼굴 한번 보겠군!'

이현은 여유롭게 팔짱을 끼며 사도련주가 자신의 부름에 화답하기를 기다렸다.

그런데.

"그게 무슨 소리냐!"

사도련 측 진영에서 튀어나온 건 늙은 노인네의 목소리다.

그리고 사도련주 대신 희끗희끗한 머리를 학사건으로 정리한 노인이 사도련 측 진영의 선두로 걸어 나왔다.

급하게 나오는 그의 걸음걸이로 추정컨대 일단 일정 수준 이상의 무공을 익힌 무인은 아님이 확실했다.

그러기에는 걸음은 둔탁하고 경박했으며, 보폭은 들쭉날쭉했다.

"이쌍? 저 노인네는 뭐야!"

대번에 이현의 얼굴이 일그러졌다.

자신이 직접 나섰는데 나오라는 사도련주는 안 나오고 다 늙은 노인네만 걸어 나왔을 뿐이다.

이건 명백한 무시다.

이현의 목소리가 한층 높아진 채 신경질적으로 터져 나왔다.

"사도련주 나오라니까!"

"사도련주를 내놓아라!"

그러나 상대도 만만치가 않다.

약속이라도 한 듯 이현과 동시에 소리치는 노인네의 목소리가 꽤 강단 있다.

아니, 것보다.

'이건 또 무슨 개소리야?'

황당하다는 감정이 우선이었다.

'지들 주인을 왜 나한테 내놓으라고 지랄이야? 지랄이?'

사도련주를 내놓으란다.

것도 사도련 측에서 나온 인간이.

"……."

귀를 의심할 수밖에 없는 내용에 이현은 잠시 입을 다물고 자신이 들은 말이 잘못된 것은 아닌지 진지하게 고민해야 했다.

그사이.

사도련 측에서 나온 노인은 계속해 소리쳤다.

"본인은 대 사도련의 총군사 호설귀 오운목이다!"

호설귀 오운목.

'뭐…… 들어 본 적이 있었던 것도 같고…….'

이현은 야율한 시절의 흐릿한 기억을 되짚으며 고개를 끄덕였다.

어차피 호설귀든 오운목이든 이현에게는 그리 중요한 것이 아니다.

그것보다 먼저 이현의 귀에 거슬리는 것이 있었다.

'총군사? 머리 쓰는 놈?'

총군사라는 호설귀의 직급.

그것이 신경을 건드렸다.

"아니, 너 말고 사도련주! 사도련주 나오라고!"

이현은 다시 한 번 소리 쳤다.

"그래! 사도련주를 내놓으라고!"

호설귀도 지지 않고 소리쳐 왔다.

이번엔 확실히 들었다. 분명 사도련주를 내놓으라고 했다.

'이건 필시 개수작이다! 사도련 총군사라더니 이런 식으로 시간 끌면서 뭔가 개수작 부리려는 게 분명하다!'

이현은 확신했다.

"아니, 이건 또 무슨 개수작이야? 야! 영감탱이! 개수작 부리지 말고 사도련주 내놓으라고! 사도련주랑 말하겠다고!"

"흥! 허튼수작 부리지 마라! 그래! 사도련주를 내놓아라! 일단 사도련주를 뵙고 네놈과 협상하겠다!"

"아니, 사도련주 나오라니까? 사도련주랑 협상하겠다고! 그럼 얘 너희 준다니까?"

"아앗!"

말귀가 통하지 않는 상대의 모습에 이현은 신경질적으로 옆에 선 초희를 끌어당겨 앞으로 내밀었다.

수적왕 초희의 얼굴을 확인하고 나면 이런 말도 안 되는 수작질도 계속하지는 못할 것이다.

그렇게 믿었다.

"필요 없다! 사도련주부터 내놓아라!"

하지만 그 믿음조차도 너무나 쉽게 부서져 내렸다.

초희를 돌려준다는데도 영문을 알 수 없는 개수작은 계속되고 있었다.

"아니, 얘 넘겨준다니까?"

"필요 없다고! 먼저 사도련주를 넘겨주면 생각해 보겠다!"

"잇쌍! 이 영감탱이가 노망났나! 사도련주를 왜 나한테 찾아!"

"그럼 누구한테 찾느냐!"

점점 점입가경이다.

"그걸 내가 어떻게 알아 이 영감탱이야! 장난 그만 치고 진짜 사도련주 나오라고 해! 안 그러면 이년 이 자리에서 모가지 따 버릴 테니까!"

"우리는 사도련주만 있으면 된다!"

"나도 사도련주만 있으면 돼!"

"놈! 드디어 본심을 드러내는구나! 대체 원하는 것이 무엇이더냐!"

"너야말로 원하는 것이 뭐냐? 내가 어떻게 하면 사도련주 만나게 해 줄 수 있는 건데!"

무슨 산속에서 메아리 돌아오는 것도 아니고, 사도련주 나오라는데 계속 사도련주를 내놓으라고만 한다.

이현으로서는 속이 답답해 미칠 지경이다.

그렇게 벽 보고 소리치는 것만 같은 답답한 상황이 이어지던 어느 순간.

"내가아!"

이현과 호설귀의 목소리를 뚫고 나오는 목소리가 이었다.

그 목소리에 이현의 고개가 등 뒤로 돌아갔다.

"내가 사도련주요!"

그곳에 있었다.

"아이씨! 저 짝퉁!"

이미 가짜로 판명된 사도련주가.

"내가 사도련주요! 진짜 내가 사도련주라니까아!"

온몸을 쇠사슬로 꽁꽁 묶인 채 그는 짐짓 비장한 표정으로 목이 터져라 핏대를 세우고 있었다.

가뜩이나 짜증 나는 상황에 가짜 사도련주까지 가세해 버렸다.

기분이 좋을 리 없다.

"잇쌍! 저 자식은 누가 데리고 온 거야?"

이현의 목소리가 또다시 높아졌다.

"저, 접니다만?"

그의 서슬 퍼런 일갈에 옥분이 조심스럽게 손을 들었다.

"아씨! 짜증 나게 저걸 왜 데리고 나와!"

"혹시 몰라서 머릿수나 좀 채워 볼까 해서 데리고 나왔죠!"

이현의 타박에 옥분이 억울하다는 듯 항명했다.

옥분도 설마 사도련과의 만남이 이런 분위기로 형성될 것이라고는 전혀 예상치도 못한 일이다.

"뭐해! 저 자식 치우지 않고!"

어찌 되었든 당장은 이 쓸데없는 가짜 사도련주는 치워야했다.

"예!"

신경질적인 이현의 명령에 옥분과 그의 수하가 서둘러 움직였다.

지금 이현의 기세로는 당장에 무슨 일을 내고도 남았다. 그전에 어떻게든 수습을 해야 한다.

"진짜 사도련주란 말이오! 이것 놓으시오! 악! 왜 때리시오! 읍읍! 입 막지 마시오! 아악! 나 사도련주라고!"

끝까지 사도련주라고 주장하는 가짜 사도련주를 막기 위한 옥분과 그 수하들의 분투는 눈물겨울 정도였다.

입을 틀어막아도 보고 때려도 보지만 가짜 사도련주는 좀처럼 조용해 줄 생각이 없어 보였다.

"뭐 이런 거지 같은!"

그 모습을 지켜보던 이현은 눈살을 찌푸리며 고개를 돌렸다.

그와 동시에.

"이놈! 대체 뭐 하고 있는지 짓이냐!"

호설귀가 조금 전보다 더욱 거칠게 악다구니를 썼다.

"너야말로 뭐하는 짓이야? 이게!"

그야말로 개판이다.

가짜 사도련주는 아직도 고래고래 소리를 질러 대고, 사도련의 총군사라는 인간은 대체가 말이 통하질 않는다.

이현은 이마에 치솟는 십자 혈관을 지그시 손가락으로 눌렀다.

얼굴은 이미 더 이상 일그러질 수 없을 만큼 일그러졌다.

'협상이고 나발이고 확 뒤엎어 버릴까?'

지금까지 참은 것도 많이 참았다. 이 말 같지도 않은 상황에 더는 휘둘리고 싶은 마음도 없다.

'그래. 뒤엎자!'

이현의 눈빛이 차가워졌다.

스릉.

결심과 동시에 등 뒤에 거도를 뽑아 들었다.

도를 뽑아 들며 새어 나온 서늘한 도명이 이현의 심장까지 차갑게 얼어붙게 만들었다.

"돼, 됐다! 고, 공력이 돌아온다!"

그런 이현의 등 뒤로 들려오는 가짜 사도련주의 목소리.

그의 목소리에 차갑게 가라앉은 이현의 두 눈에 살기가 어렸다.

'우선 저 짝퉁부터!'

좀 전부터 분위기 파악 못 하고 떠들어 대는 것부터가 마음에 안 든다.

진즉 죽였어야 했다.

그랬다면 이런 볼썽사나운 꼴에 놓이지는 않았을 것이다.

이현이 가짜 사도련주를 향해 몸을 돌렸다.

그 순간!

투둑!

거짓말처럼 가짜 사도련주의 몸을 묶고 있던 쇠사슬이 터져 나갔다. 수십 개의 파편들이 폭죽처럼 터져 나가며 그 위로 가짜 사도련주가 몸을 일으키기 시작했다.

스윽.

그가 이현을 향해. 아니, 이현의 어깨 너머 그 뒤를 향해 손을 뻗는다.

터더더더덩!

그 손짓에 화답하듯 저 멀리서 시끄러운 굉음이 울린다.

이현의 고개가 또다시 돌아갔다.

사도련 측 진영.

그곳에서 굉음이 시작되고 있었다.

커다란 목함이 요동치며 허공을 떠오른다. 그리고.

펑!

폭발했다.

동시에 푸른 궤적이 허공을 가로질렀다.

이현의 눈엔 보였다.

푸른 궤적을 만들어 낸 그것의 정체는 시리도록 푸른 몸체를 가진 도였다.

그 도가 이현의 뺨을 스치듯 지나쳐 가짜 사도련주의 손 안으로 빨려 들어갔다.

쾅!

그리고 또다시 들려오는 굉음.

가짜 사도련주의 손에 도가 빨려드는 순간 폭발음과 함께 한파가 몰아쳤다.

쩌저저저정!

삽시간에 주위가 얼어붙었다.

"하아! 하아!"

숨을 내쉴 때마다 하얀 입김이 흘러나왔다.

"으으으……."

그리고 그 중심에 가짜 사도련주가 있었다.

시리도록 푸른 도를 든 그는 두 눈을 감고 있었다.

그저 고요히 눈을 감고 서 있을 뿐이다.

그럼에도 그를 중심으로 흘러나오는 차가운 기세는 그의

주위를 둘러싼 이들의 입에선 절로 신음이 흘러나오게 만든다.

그때 가짜 사도련주가 움직임을 보였다.

스륵.

감았던 눈을 떴다.

얼음처럼 서늘한 청색 눈동자가 오만하게 세상을 내려다보고 있었다.

그리고 그와 동시에 변하기 시작하는 머리칼.

마치 투명한 물 위에 먹물이 번지는 것처럼 천천히. 아니, 빠르게 그의 머리칼이 청백색으로 물들어 간다.

"……."

눈앞에 펼쳐진 놀라운 변화에 누구도 쉬 입을 열지 못했다.

그렇게 머리칼 끝까지 청백색으로 모두 물들었을 때.

저벅.

그가 움직였다.

쩌쩍! 쩌저쩡!

그의 걸음에서 마치 겨울철 단단히 언 강물의 얼음이 깨어지는 것과 같은 소리가 들려왔다.

소리뿐만이 아니다. 실제로도 그랬다.

그가 걸음을 내디딜 때마다 그의 발끝을 중심으로 동심원을 그리듯 얼어붙고 있었다. 처음에는 서리가 낀 듯하다가 이내 서리가 모든 것을 새하얗게 뒤덮어 버린다. 그리고 그대로 얼려 버린다.

뚝!

불어오는 차가운 칼바람에 얼어붙은 풀잎이 뚝 하고 끊어져 그대로 파편이 바닥에 흩뿌려졌다.

누구도 그를 멈춰 세우지 못한 채, 그저 숨죽여 그의 모습 하나하나를 지켜보고 있었다.

그가 그렇게 걸어 걸음을 멈춘 곳.

그곳에 이현이 있었다.

코가 맞닿을 듯 가까이 다가선 그가 입을 열었다.

"다시 한 번 인사드리겠소. 사도련주요."

씨익.

그리고 웃는다.

지금까지 보여 주었던 그의 어수룩한 모습은 어디에도 찾아볼 수 없었다.

솜털이 쭈뼛 서게 하는 서늘한 패기.

숨기지 않고 당당히 드러내는 자신감.

용모파기에서 보았던, 그리고 이현이 과거 야율한 때 마주했던 사도련주의 모습이 그에게서 그대로 재현되고 있었다.

아니, 그의 말처럼 지금까지 어수룩한 모습만 보여온 그가 진짜 사도련주였다.

씨익.

그의 웃음에 이현도 마주 웃었다.

뻐억!

동시에 이현의 주먹이 사도련주의 안면에 틀어박혔다.

"근데 뭐! 뭐 이 자식아!"

자신만만한 미소를 짓던 사도련주가 벌러덩 나자빠졌다.

*　　　*　　　*

바람결에 국화꽃이 흔들렸다. 바람결에 흩날리는 꽃잎은 허공을 수놓는다.

이 아름다운 장관이 펼쳐진 곳은 호원방이라는 사파 방파의 후원이었다.

그 후원에.

두 사람이 있었다.

백청발에 푸른 눈, 눈처럼 새하얀 피부를 가진 건장한 체구의 사내.

사도련주.

그리고 또 한 사람은.

여인이었다.

두 눈을 감은 채 오래된 나무 의자에 앉은 여인의 어깨는 작고 둥글다. 뽀얀 살결과 오똑한 콧날. 밤하늘을 연상시키는 검고 깊은 긴 머릿결. 아름다운 여인이다. 다만, 그녀의 무릎을 덮은 담요 위로 드러난 윤곽은 너무나 야위고 왜소했다.

가만히 서 있기만 해도 얼음장 같은 한기를 풍기는 사도련주의 기운과 달리, 그녀는 그저 그 자리에 앉아 있는 것만으로도 봄볕 같은 따스한 온기를 품고 있었다.

"……."

사도련주는 말없이 그녀를 바라보았다.

그리고 조용히.

시퍼렇게 멍든 눈을 달걀로 열심히 문질렀다. 개 발에 땀나도록 격렬하게 멍 자국을 지우기 위해 손을 놀리면서도 조그마한 소리조차 새어 나오지 않았다.

사도련주 스스로 그녀가 이 소리를 듣지 않길 원했기 때문이다.

조용한 고요 속.

그 고요함과 달리 사도련주의 입은 댓 발이나 튀어나와 있었다.

'무식한 놈! 다짜고짜 주먹부터 날리다니!'

사도련주의 눈을 시퍼렇게 멍들인 원흉은 두말할 것 없이 이현이다.

'예상도 못 한 기습에 당하긴 했다마는……!'

자존심이 상했다.

아무리 그래도 사파를 이끄는 주인이다. 그런 사도련주가 정식으로 인사하는 자리에서 눈두덩을 얻어맞고 시퍼렇게 멍까지 들었으니 망신도 이런 망신이 없었다.

혹여나 소문이라도 나게 되면 얼굴도 못 들고 다닐 일이었다.

그러니 어서 빨리 멍 자국부터 지워야 했다.

그러지 않으면 내일도 시퍼렇게 멍든 얼굴로 돌아다녀야 할 판이다.

멍 자국을 지우는 사도련주의 손길이 더욱 빨라졌다.

그리고.

"윽!"

눈두덩에서 전해지는 격렬한 자극에 그만 그도 모르게 신음을 흘려 버렸다.

"……무슨 일이신가요? 혹 어디 다치신 건가요?"

그 신음에 여인이 반응했다.

여전히 두 눈을 감고 있었지만, 그녀의 표정과 떨리는 목소리에서는 사도련주를 향한 걱정이 고스란히 드러났다.

"다, 다치기는! 안 다쳤소! 부인은 내가 누군지 잊은 거요? 나 사도련주요! 내가 다치기는 무슨……!"

여인의 걱정에.

아니, 부인의 걱정에 자신도 모르게 소리부터 지르며 부정하던 사도련주는 이내 자신의 실책을 인지했다.

"앗! 말했다! 묻지 마시오. 나 이제 대답 안 할 거요! 흥!"

그러곤 재빨리 입을 다물고 휙 소리 나게 고개를 돌려 버린다.

지금은 삐쳐 있는 중이다.

그러니 절대 말해서는 안 된다!

사도련주라는 자리가 부끄러울 만큼 소심한 행동이었지만, 이것이 그가 할 수 있는 최대한의 반항이었다.

그녀는 그가 사랑하는 부인이었으니까.

처음으로 마음에 품은 여인이었고, 처음으로 삶에 감사하게 한 여인이었으며, 처음으로 죽음을 향해 뛰어들 용기를 갖게 한 여인이었다.

그리고 사도련주는 안다.

다시는 뜰 수 없는 그녀의 눈꺼풀 뒤에 숨겨진 눈동자가 얼마나 보석처럼 아름다웠었는지, 다리를 잃기 전 그녀가 얼마나 활발하고 눈부셨었는지를 모두 기억하고 있었다.

그러니 그녀에게 할 수 있는 최대한의 반항은 고작 이런 소심한 것들에 불과했다.

그녀의 보석 같은 눈과 생기 넘치던 다리를 앗아 간 원흉이 바로 사도련주 자신이었으니까.

두근두근!

사실 이런 소심한 반항조차도 혹여 그녀가 상처받지 않을까 지금도 불안하고 걱정된다.

고개를 돌려 버린 지금도 한쪽 눈으로 힐끔 그녀의 표정을 살피고, 그것도 모자라 손가락은 불안으로 떨리고 있을 정도다.

그러나 그 마음도 잠시였다.

"동생은 여전히 아름답던가요?"

이어지는 그녀의 물음에 불안에 떨던 사도련주는 또다시 고개를 휙 돌려 버렸다.

"흥! 난 모르오! 그러니 묻지 마시오!"

그가 이렇게 소심한 반항을 하는 이유가 그 때문이었으니까.

그녀가 그의 식사에 수면제와 함께 용산산을 섞었기 때문도 아니고, 그런 그를 쇠사슬로 꽁꽁 묶었기 때문도 아니다. 그리고 원치 않게 수룡채에 끌려갔다가 갖은 고초를 겪은 것 때문도 아니고, 가짜 사도련주로 몰려 갖은 핍박을 받은 것도 모자라 이현에게 얻어맞아 눈두덩이가 시퍼렇게 멍들어서도 아니다.

"푸훗! 아직도 삐치셨어요?"

그녀가 웃었다.

그런 그녀의 웃음에 사도련주가 소리쳤다.

"그래! 삐쳤소! 부인이 어찌 내게 그런 말을 할 수 있단 말이오! 둘째 부인이라니! 내가 부인을 두고 초 소저를 둘째 부인으로 맞이할 수 있을 리…… 없지 않소."

봇물 터지듯 꾹꾹 눌러 왔던 서운함이 터져 나왔다.

그가 목숨보다 사랑하는 그녀의 앞에서 이런 유치한 투정을 부리는 이유.

그녀가 그에게 초 소저를 둘째 부인으로 맞이하라 했기 때문이다.

그의 음식에 수면제와 용산산을 탄 것도, 그녀가 쓰러진 그를 쇠사슬에 묶어 수룡채에 보내 버린 것도 모두 그러한 이유 탓이었다.

그녀를 두고 다른 여자를 부인으로 맞는다는 건.

"내가……! 내가 그럴 수 있을 리 없지 않소!"

다른 모든 것을 그녀에게 양보해도 좋았지만, 그것만큼은 양보할 수 없었다.

그가 사랑하는 건 오직 그녀였으니까.

그런 확고한 사도련주의 목소리 때문이었을까.

그녀가 짙은 미소와 함께 양팔을 활짝 펼쳤다.

"이리 오세요."

부드러운 목소리가 사도련주의 귓가로 스며들었다.

사도련주는 알고 있었다.

그녀의 행동이 무엇을 의미하는지를.

예전에 언제고 이번과 같이 초희를 둘째 부인으로 맞아들이길 권하던 그녀에게 사도련주가 반항했을 때도 삐친 그를 달래기 위해 그녀는 이렇게 두 팔을 벌렸었다.

그 모습에 사도련주의 표정이 누그러졌다.

"이, 이건 반칙이잖소."

그래도 일단 반항했다.

이번만큼은 이렇게 간단히 넘어가지 않으려 굳게 마음먹었었다.

"……."

그런 그의 반항에도 그녀는 그저 말없이 두 팔을 펼친 채 가만히 기다릴 뿐이었다.

그 모습을 지켜보던 사도련주가 이를 악물었다.

약해지려는 마음을 다시 한 번 다잡으려 안간힘을 썼다.

"그런다고 내가 넘어갈 것 같소…… 이다."

하지만 그뿐.

결국 사도련주는 그녀의 품으로 안겼다.

그녀는 사도련주를 꽉 안아 주었다. 사도련주는 그녀의 가슴에 얼굴이 파묻힌 채 두 눈을 감아 버렸다.

향기와 온기가 전해진다. 얼어붙었던 심장이 녹아내리고

다시 뛰기 시작한다.

이미 져 버렸다.

미워하지도 않았지만, 이젠 정말 미워할 수 없게 되어 버렸다. 더는 삐칠 마음조차 가질 수 없게 되어 버렸다.

결국, 이렇게 되리라는 것을 알면서도 당할 수밖에 없었다.

스윽! 스윽!

조용히 품에 안긴 사도련주의 머리칼을 그녀가 쓸어 넘겼다.

온몸이 나른해지고 편안해진다. 금방이라도 단잠에 빠져들 수 있을 것만 같은 기분에 아무런 저항도 할 수가 없었다.

이럴 때면 마치 고양이가 되어 버린 기분이다.

그런 그의 머리 위로.

그녀의 부드럽고 따뜻한 목소리가 들려왔다.

"무린."

"왜 부르시오?"

무린. 설무린. 이 사도련에서 오로지 그녀만이 그를 부를 수 있는 호칭인 그것은 사도련주의 이름이었다.

이따금 그녀는 여보 당신이 아닌 무린이란 이름으로 그를 부르곤 했다.

"무린의 아이는 어떤 아이일까요?"

그녀가 물었다.

"관심 없소. 싫어하오! 아이 따위!"

저항했다.

"분명 아주 예쁜 아이일 거예요. 무린은 아주 잘생겼잖아
요. 우리가 부부가 되기 전까지 많은 여인이 무린을 연모했었
으니까요."

"성격이 나쁠 거요. 나 성격 나쁘기로 중원에서 유명하오."

"그럴 리가요. 무린이 얼마나 다정다감하고 착한 사람인
데요. 무린의 아이는 분명 무린처럼 예쁘고 착한 아이일 거
예요."

하지만 그녀는 아무렇지 않게 그의 저항을 무력하게 만들
었다.

"전 무린의 아이가 보고 싶어요. 무린을 닮은 아이와 무린
이 함께하는 모습을 보고 싶어요."

그녀의 그 말에 사도련주의 감은 두 눈에 질끈 힘이 들어갔
다.

"……"

아무 말도 할 수가 없었다.

"하지만 전 무린의 아이를 낳지 못하잖아요."

그녀가 눈과 다리를 잃었을 때. 그녀가 잃은 것은 그것만이
아니었으니까.

"미안해요. 무린."

그녀의 입에서 흘러나온 미안하다는 그 말이 사도련주의 심장을 후벼 팠다.

　그녀가 잃은 건 눈과 다리뿐만이 아니다. 그녀는 이제 아이조차 가지지 못하는 몸이 되었다.

　그러나 그건 그녀의 잘못이 아니다.

　용서 구해야 할 사람이 그녀가 아님을 사도련주는 잘 알고 있다. 그가 바로 그녀에게 용서를 구해야 할 사람이었으니까.

　입을 열어 말하고 싶다. 화를 내고 싶다.

　그럼에도 사도련주는 마음속의 모든 말들을 삼켜야만 했다.

　"당신의 잘못이 아니오."

　그리고도 끝끝내 삼켜 내지 못한 말을 입 밖으로 흘려 낼 뿐이다.

　이 이상 이야기가 길어지면 안 된다.

　그녀는, 그녀의 잘못도 아닌 것을 그녀의 잘못이라고 이야기하고, 자책한다. 이야기가 길어질수록 그녀의 슬픔은 더욱 깊어질 것이다.

　끝끝내 남몰래 감춰 왔던 눈물을 보일 것이다.

　그 눈물만큼은 죽어도 보기 싫다.

　"아잇! 내 정신 좀 보시오!"

　갑자기 사도련주가 그녀의 품을 빠져나와 벌떡 일어섰다.

"내 깜빡했소! 이번에 좋은 홍린어가 올라왔다 하오! 내 당신의 향기에 빠져 그것을 잊고 있소이다! 잠시만 기다리시오! 물고기는 자고로 싱싱할 때 요리해 먹어야 제맛이지! 내 곧 맛있는 요리를 맛보게 해 드리겠소!"

그리고 마치 중요한 무언가를 잊고 있었다는 듯, 사도련주라는 직함과는 어울리지 않는 호들갑을 떨며 급히 자리를 벗어났다. 이것이 그녀가 더는 슬픔에 잠기지 않도록 하는 그만의 최선이었다.

화르르륵!

무쇠솥 위로 불꽃이 치솟았다.

이제 다 되었다. 그녀를 위한 요리가 완성되었다. 완성된 요리를 접시에 정성스럽게 담고 걸음을 옮기는 사도련주의 입가에는 흐뭇한 미소가 걸려 있었다.

과거에는 상상도 못 할 일이다.

음식이란 그저 씹어 넘기기 충분하면 그만이라 여기던 시절이 있었다. 당연히 요리에는 관심도 없었다. 맛이란 그리 중요한 것이 아니었으니까.

그런 그가 요리에 관심을 두기 시작한 것은 그녀가 눈과 다리를 잃고 난 뒤의 일이었다.

특별한 이유가 있는 것은 아니다. 그저 몸이 불편한 그녀를 위해 무엇이라도 해 주고 싶었을 뿐이다.

그리고 이왕이면 그 일들이 그녀가 잃은 시각을 제외한 오감들을 만족하게 할 수 있는 일들이었으면 했을 뿐이다.

청소도, 요리도…… 모두 그와 같은 이유로 시작한 일이었다. 그밖에도 그녀를 위해 시작한 일들은 정원을 가꾸는 일과, 꽃꽂이, 추나 등 여러 가지였다.

"향이 좋은 걸요?"

"좋다니 다행이오. 많이 기다리셨소?"

사도련주가 후원에 도착하자 완성된 음식의 냄새를 맡은 그녀가 먼저 말을 걸어 온다.

그녀의 앞엔 이미 식탁과 새로운 의자가 준비되어 있었다.

"아니에요. 영과 함께 있어서 시간 가는 줄 몰랐어요."

"아! 흑풍 말이오?"

그녀가 대답한 '영'이라는 이름에 사도련주는 '흑풍'이란 이름으로 대신 답하며 대수롭지 않게 넘어갔다.

하지만 이 후원에는 사도련주와 그녀를 제외한 누구의 모습도 보이지 않았다.

그녀가 함께 있었다던 '영'은 물론, 사도련주가 말한 '흑풍'까지.

"하하하! 다행이구려. 잠시만 기다리시오."

그러나 사도련주는 크게 신경 쓰지 않았다.

식탁과 의자를 준비한 것이 오십여 명의 '흑풍' 중 하나인 '영'임을 사도련주 또한 익히 알고 있기 때문이다. 그녀의 몸이 불편해진 이후 늘 그랬다. 사도련주가 요리를 하면, 그 사이 흑풍 중 한 명이 상을 준비한다.

실제로 비록 지금은 모습을 드러내지 않고 있지만, 지금도 그리 멀지 않은 곳에서 흑풍은 대기하고 있을 것이다.

"……그리고 여기가 물 잔이고, 마지막으로 여기가 내가 준비한 간작홍린어(干炸紅鱗魚)요."

식탁 위에 음식을 내려놓은 뒤 곧장 그녀의 손을 이끌며 음식들의 위치, 물 잔과 수저의 위치를 일일이 확인시켜 주는 것을 잊지 않았다.

항상 정해진 자리에 식기와 음식을 놓지만, 그래도 걱정되는 마음은 어쩔 수가 없었다.

앞이 보이지 않는 그녀를 위한 식사 자리였으니까.

"어서 맛보시오!"

사도련주가 자신의 자리에 앉은 것은 그 뒤다.

그는 자신의 앞에 놓인 수저는 들지도 않은 채 그녀의 모습만 빤히 바라보고 있었다.

꿀꺽!

매일 같이 요리를 해 왔지만, 그에겐 항상 지금 이 순간이 가장 긴장되는 순간이다.

"음!"

"어, 어떠시오?"

요리를 맛본 그녀의 입에서 신음이 흘러나오자, 사도련주는 얼굴을 바짝 내밀며 질문을 던졌다.

사도련주의 얼굴에 긴장과 함께 걱정이 담겨 있었다.

"마, 맛이 없소? 부, 불이 약해서 걱정이긴 했소만…… 그래도 나름 한다고 해 본 것인데……!"

혹여나 그녀의 입맛에 맞지 않은 것은 아닌지 하는 걱정에 횡설수설이 튀어나온다.

하지만.

"그럴 리가요. 아주 맛있는 걸요?"

그런 염려와 달리 그녀는 웃었다.

"정말 맛있어요. 고마워요."

"고, 고맙기는 무슨! 그, 그냥 늘 하던 일인데! 그, 그런 말들을 정도는 아니오."

사도련주는 그런 말 들을 정도는 아니라고 말해 놓고도 헤벌쭉거리는 입은 숨기지 못했다.

"맛있게 드시오."

사도련주는 자신이 만들어 놓은 음식은 손 한 번 대지 않고 그저 흐뭇한 눈으로 부인이 먹는 모습을 지켜봤다.

'참 오래 걸린 것 같구나!'

실제로는 그리 오랜 시간이 아니건만, 오랜 시간이 걸린 것 같다.

이렇게 그가 만든 요리를 맛보는 부인의 모습을 지켜볼 수 있는 것이.

이 순간 사도련주는 모든 것이 만족스러웠다.

'지금 이 순간이 영영 계속되었으면······.'

복잡한 강호 정세를 생각할 필요도 없이, 당장 처리해야 할 일거리를 생각할 필요도 없이.

그저 지금 이 순간이 영원하길 바랐다.

하지만.

쾅!

세상은 그의 바람을 들어주지 않았다.

후원에서도 들릴 정도로 큰 소리와 함께 저•먼 정문에서부터 들려오는 목소리가 있었다.

"야! 사도련주! 이 자식이 어디 짱박혀 있는 거야? 안 나오냐?"

익숙한 목소리다.

당연했다 사도련을 떠난 이후 며칠 동안이나 들었던 목소리였으니까.

목소리의 주인은 물어볼 것 없이 이현이었다.

第四章

불과 며칠 전까지만 해도 호원방이라는 사파 방파의 장원이었지만, 이제 이곳은 사도련의 임시 거점으로 사용되고 있다.

이현에겐 적지나 다름없는 곳이다.

그러나 장원에 들어서는 이현의 걸음걸이에는 전혀 망설임 따위가 없었다.

어디 망설임뿐이겠는가.

남의 집 들어오는 주제에 대문부터 박살 내는 것도 모자라, 한 손에는 청화까지 끌고 난입한 상황이다.

당연히 사도련 측에서는 난리가 났다.

그리고 그 모든 것을 수습하는 것은 결국 죄 없는 사도련 주의 몫이었다.

이현의 난입에 그를 향해 공격 태세를 갖추는 수하들을 진정시킨 사도련주는 이 예의 없는 불청객들을 후원으로 안내했다.

오랜만에 찾은 마음의 평화를, 괜히 쓸데없는 일로 깨트리긴 싫었다.

그게 패착이었다.

"어머나! 이름이 뭐니?"

"청화요! 우와! 언니도 찌찌 엄청 크네요? 초 언니만큼 커요!"

어린 청화의 방문에 웃으며 청화를 안아 주는 부인.

그리고 그 부인의 품에 안겨 헤헤거리는 청화가 내뱉은 그말.

그 말이 파국의 시발점이다.

"크, 크흠! 너 이런 부러운 자식!"

청화의 말에 시기에 가득 찬 이현이 사도련주의 멱살을 움켜잡았고.

"초 언니?"

"예! 초 언니요. 이름이 초희라고 했어요. 그 언니도 찌찌가 엄청 커요! 지금 저희 배에 타고 기다리고 있어요!"

"어머! 초 동생을 이야기하는 거로구나?"

"동생이에요? 그럼 언니가 초 언니의 언니예요?"

"친동생은 아니란다. 하지만 곧 언니가 될 거야."

"헤헷! 무슨 말인지 모르겠어요."

"그런데 우리 청화는 어떻게 초 동생을 알게 된 거니?"

"음…… 그러니까 제가 잠에서 깼는데 언니가 있었는데 요……."

초희라는 이름에 관심을 보인 부인의 물음에, 졸지에 그녀에겐 절대 말하지 않았던 수룡채에서 지금까지의 이야기가 줄줄이 흘러나오게 생겨 버렸다.

"그, 그건……!"

서둘러 막아야 했다.

하지만 영원하길 바라던 순간을 깨어 버릴 때 그랬듯, 이현은 사도련주의 편이 아니었다.

스윽.

이현의 팔이 사도련주의 어깨를 휘감았다. 얼핏 어깨동무하는 자세다. 다만 다른 점이 있다면 이현의 입술이 사도련주의 귀에 바짝 붙어 있다는 점이 다를 뿐이다.

"짜식! 이래서 가슴만 큰 년 깐 거였어? 미리 이야기하지! 괜히 오해했잖아. 난 또 네가 남색인 줄 알았지."

"나, 남색이라니요!"

청화의 말을 가로막아야 한다는 것도 잊고 반사적으로 소리쳤다.

성 정체성을 의심받은 남자에게는 그것보다 중요한 일은 없었다.

그사이 청화는 그의 부인에게 그간 그가 겪은 모든 이야기를 풀어 놓고 있었다.

심지어.

"그래서 사질이 그랬어요. 저 아저씨 남자 좋아하는 거라고……."

졸지에 부인 앞에서 존재하지도 않은 새로운 성적 취향을 공개하게 되어 버렸다.

*　　　*　　　*

"크, 큰일 났습니다!"

녹림십팔채의 총표파자 양자호는 헐레벌떡 뛰어들어오는 총군사 표도중의 모습에 눈살을 찌푸렸다.

"아 또 왜! 이현 그 자식이 다시 산적 털이 시작하기라도 했냐?"

요즘 워낙 큰일을 많이 당해서, 이제 큰일이라면 이가 다 갈리는 양자호다.

"그런 간단한 게 아닙니다."

답답하다는 듯 고개를 젓는 표도중의 대답에 양자호의 눈썹이 역팔자로 휘었다.

"간단? 우리 밥줄 다 날아가게 생겼는데 간단? 오냐! 그럼 우리 모가지 날아가는 것보다 심각하고 복잡한 게 뭔지 진지하게 한번 토론해 보자! 이 자식아!"

세상천지에 이현이 산적 토벌한다는 것보다 심각한 일이 또 어디 있단 말인가.

그들의 본업이 산적인 이상 그보다 더 심각한 일은 있어서도 안 되고, 있을 수도 없다고 생각하는 양자호다.

하지만 그런 양자호의 생각은 곧 정정되어야만 했다.

"만났습니다."

"뭘? 누가!"

"이현이랑 사도련주 말입니다!"

큰일이다. 표도중의 대답에 양자호는 눈을 질끔 감았다.

"……이런 개 같은!"

눈앞이 깜깜해졌다. 일이 대체 어떻게 돌아가기에 그 지경으로까지 흘러갔는지 짐작조차 되지 않았다.

"그러니까…… 그 이현이란 놈이 내가 아는 우리 녹림 물 먹인 그놈 맞지?"

혹시나 해서 물어봤다.

"예!"

역시나 표도중이 고개를 끄덕인다. 그래도 아직 일말의 희망은 남아 있다. 자고로 만남은 최소 두 사람 이상이 마주쳐야 성립되는 것이었으니까.

"그럼 네가 말한 그 사도련주가 내가 아는 그 사도련주…… 맞냐?"

"예! 맞습니다."

일말의 희망도 날아가 버렸다.

'발정 난 미친 개새끼처럼 온갖 사고 치고 다니는 놈이랑, 피도 눈물도 없는 그 개자식이 만났다고?'

비록 얼굴을 대면한 일은 없었지만, 그 성질머리는 능히 짐작하고 남음이다. 더러워도 보통 더럽지는 않을 것이다. 그것이 아니라면 녹림십팔채를 이렇게 만드는 일도 없었을 것이다.

하물며 그가 만난 상대가 사도련주란다.

"어이쿠야!"

절로 앓는 소리가 터져 나왔다.

이현의 성격은 어디까지나 추정이지만, 사도련주의 성격은 이미 확인이 끝난 마당이다. 심지어 얼굴도 보고 대화도 나누었다.

'그 자식이 사도련주 자리에 오르는 데 흘린 피가 얼마냐!

애고 어른이고 닥치는 대로 쳐 죽이고, 제 뜻에 조금만 어긋나도 다 죽이고 보는 놈을!'

자주는 아니다. 고작해야 몇 번이다. 그러나 중요한 것은 횟수가 아니다.

사도련주가 칼을 뽑은 것은 고작 몇 번에 불과했다. 하지만 그중 어느 하나도 곱게 넘어간 일은 없다.

대표적으로 지금의 사도련주가 사도련을 차지할 당시였다. 그가 그 자리에 오르기 위해 자른 목만 쌓아도 산을 이룰 수 있을 것이다. 이후에도 그의 정책에 불만을 품은 이들을 처리할 때도 그랬다.

그를 향한 불만을 표출했던 사파 문파 중 지금까지 제대로 그 명맥을 유지하고 있는 곳은 단 한 곳도 없다. 사도련주가 모두 죽였으니까. 당연히 명맥은 고사하고 살아 있는 사람도 찾기 어려웠으니까.

한번 칼을 뽑으면 누구도 살려 두는 법이 없는 인간이다.

같은 천하십대고수지만 양자호도 사도련주와 마주하면 이유 없이 위축되고 움츠러드는 게 사실이다. 살갗을 찌르는 그가 내뿜은 한기만 해도 양자호는 부담스럽다.

물론, 진짜 싸운다면 결과는 모를 일이라고 주장하고 있지만 말이다.

어쨌든.

하나는 온갖 사고를 다 치고 다니는 개차반이고, 다른 하나는 한번 칼을 뽑으면 기본 죽여 나가는 단위가 최소 백에서부터 시작한다는 냉혈한이다.

'그런 두 사람이 만났다면……'

머릿속으로 떠올려 보았다.

돌아가지 않는 머리를 이리 굴려 보고 저리 굴려 봐도 결과는 늘 똑같았다.

"피바람이 불겠군!"

그것도 어지간한 피바람은 아닐 것이다. 어쩌면 정말 정사대전이 일어날지도 몰랐다.

아니, 그것보다 확실한 것이 있었다.

"둘 중 하나는 반드시 죽어!"

이현과 사도련주 두 사람이 만난다면 결과는 오로지 그 하나뿐이었다.

*   *   *

둘 중 하나는 반드시 죽는다는 양자호의 확신과 달리.

쪼르르르!

"차린 건 없지만, 많이 드시오."

이현과 사도련주는 차를 나누고 있었다.

차린 것은 없다는 사도련주의 말과 달리, 다과상은 제법 풍성했다. 특히나 사도련주가 내온 차는 그 귀하다는 용정차다. 그것도 황제에게 진상되는 것과 같은 특등품이다.

물론.

"술은 없냐?"

이현은 그 귀한 용정차보다야 술이 더 좋은 인간이었다.

"죄송하오. 술은 없소이다."

"쯥! 재미없게 사는구만. 아쉽지만 어쩔 수 없지. 주는 대로 먹을 수밖에."

술은 없다는 사도련주의 말에 이현은 입맛을 다셨다. 누가 보면 이현이 상전이고 사도련주가 아랫사람인 것처럼 보일 지경이다.

그런 무례에도 사도련주는 화내지 않았다.

"무슨 일이오? 선자까지 함께."

"말했잖아! 협상하자고. 쥐똥은…… 그냥 네가 해 준 요리 먹고 싶다고 떼써서. 어쨌든 그 소원은 이뤄졌네."

지금 그들이 있는 자리는 후원 별채다.

별채 밖 화원에는 청화와 사도련주의 부인이 사도련주가 만든 요리를 즐기고 있었으니 청화의 목적은 이룬 셈이나 마찬가지다.

이현의 대답에 사도련주는 쓴웃음을 지었다.

"그렇다고 이리 오시면 어쩐단 말이오. 그러다 우리가 선자께 해코지라도 하면 어쩌려 그러셨소?"

엄연히 적진이나 다름없는 곳이다. 그 한복판에 청화를 데려온 것이니 사도련주의 상식으로는 이해할 수 없는 노릇이었다.

이현은 태연했다.

"그럼 뒤지는 거지. 너흰!"

"허허허헛! 자신감이 과하시군!"

"적당한 걸로 하자고. 굳이 확인해 보고 싶으면 그래도 좋고!"

시종일관 당당하고 자신감 넘치는 대답.

웃어넘기는 듯 말했지만, 사도련주를 노려보는 이현의 눈빛은 농담과는 거리가 멀었다.

실제로 그럴 수 있다고 말하고 있었다.

"그건 나중에 하도록 하겠소."

사도련주는 일단 고개를 저었다.

굳이 싸움을 벌일 이유는 없었다. 하물며 후원 화단엔 그의 부인이 있지 않은가.

먼저 한발 물러서는 사도련주의 모습에 이현도 공격적인 눈빛을 거두었다.

어차피 치고받는 거야 협상이 결렬되면 당연한 절차로 하게 되어 있었다. 미리부터 힘 뺄 필요는 없다.

"가슴 큰 년 줄게. 협상하자!"

"흠!"

곧장 본론을 꺼내는 이현의 요구에 사도련주는 낮게 신음을 삼켰다.

"……미안하지만 이제는 그리 의미 없는 것 같소."

잠시 고심하던 사도련주는 고개를 저었다.

이렇게 되니 황당해지는 것은 이현이다. 당연히 협상이 될 줄 알았다. 그래서 몇 대 패 주고 곱게 보내 준 것이다.

'그런데 지금 와서 의미가 없다니!'

이렇게 되면 그야말로 닭 쫓던 개 신세다.

자연 이현의 언성이 높아졌다.

"왜! 가슴 큰 년이라고 해서 못 알아들었냐? 수적왕이라고! 너희 사파의 세 기둥 중에 하나! 천하십대고수 중 한 사람! 그런 년이 왜 의미가 없어!"

소리는 질렀지만, 이 상황이 낯설지가 않다. 생각해 보면 사도련의 총군사라는 늙은이도 초희를 조건으로 협상을 요구했을 때 이런 식으로 대답했었다.

"왜? 너희 사도련은 수적이랑 원수졌냐? 같은 사파 아니야? 아! 왜 그 년은 가슴 큰 것 빼곤 쓸데가 없어!"

초희의 제안에 혹해 여기까지 왔다. 그런데 막상 와서 협상

조건으로 초희를 내걸었는데 왜 한결같이 이런 반응인지 당최 이해가 가질 않는다.

"총군사가 초 소저를 거부한 것은 나 때문이오. 내가 그곳에 잡혀 있었으니 초 소저보단 날 먼저 구하려 한 것이외다."

"그럼 넌 왜 지금 이러는 건데?"

"앞서 말씀드리지 않았소. 의미가 없어졌다고."

"의미가 없어지다니?"

"그 말 그대로요. 수로채는 이미 파탄 지경이오. 반면 무림맹주는 마교를 노리고 있소. 무림맹주가 마교를 친 뒤엔 우리를 치려 할 것은 불 보듯 뻔한 일. 그 상황에서 천하십대고수 하나 더해진다고 무슨 의미가 있겠소!"

"……."

사도련주의 설명에 이현은 입을 다물었다.

확실히 일리가 있는 말이었다. 이현이 협상으로 내 걸 수 있는 건 초희뿐이다. 수적들을 돌려준다고 한들, 이미 수로채의 근간이 박살 난 마당이다. 그걸 수습하고 회복하는 데 적지 않은 시간이 들어갈 것은 당연한 일이다.

반면 무림맹주는 마교를 공격하고 있었다. 마교를 토벌하는 일이 성공으로 끝난다면, 무림맹주에게 막대한 힘과 권력이 집중될 것임은 분명했다. 또한, 무림맹주가 이끄는 무림맹의 전력 또한 지금보다 훨씬 강력해질 것이다.

이해했다. 초희란 천하십대고수의 존재가 더는 의미가 없다는 뜻을.

"큭!"

동시에 웃음이 나왔다.

"너도 맹주가 마교를 쓸어버릴 것으로 확신하고 있군! 하긴, 당연한가?"

무림맹의 마교 토벌이 성공하리라는 사도련주의 확신 탓이다.

"천마가 사라진 마교를 쓸어버리는 일쯤이야 네놈들에겐 그리 어려운 일은 아닐 테지! 맹주와 네놈. 모두 천마의 제자였으니까!"

이현의 말이 끝나기 무섭게.

챙!

사도련주가 자리를 박차고 도를 뽑아 겨누었다. 그만이 아니다. 삽시간에 이현의 주위를 도를 뽑아 겨눈 쉰 명의 무인들이 에워쌌다.

온통 검을 옷으로 전신을 휘감은 무사들.

흑풍이다.

"……어찌 알았느냐!"

나지막한, 하지만 살기가 가득한 목소리가 사도련주의 입에서 흘러나왔다.

이 자리에 앉아 있는 사람은 이현이 유일했다.

쉰하나의 칼날이 자신을 향하고 있음에도 이현은 미동도 하지 않았다. 숨쉬기도 힘들 만큼 가득 찬 살기는 느껴지지도 않은 듯 편안한 모습이었다.

"말하라! 어찌 않았느냐! 초 소저가 말했느냐?"

소리를 높이는 쪽은 사도련주가 되었다. 사도련주의 독촉에 이현이 오히려 눈을 크게 떴다.

"초희? 그 가슴 큰 년도 알고 있었어? 그년 보기보다 능력 있네?"

이현이 알고 있는 것.

그것을 초희도 알고 있다는 사실이 적잖이 놀랐다. 이현도 야율한 때의 경험이 없었다면 전혀 알지 못했을 일이었다. 그것도 천마를 쳐 죽이고 마교를 접수한 이후에야 알아낸 사실이었다.

심지어 그것도 남아 있는 극히 일부분의 자료로 알아낸 후 몸으로 겪으며 확인했던 것들이었다. 그런데 그런 것도 없이 이 사실을 알고 있으니 확실히 대단한 일이다.

"……그럼? 무당파인가? 무당파에서 알아낸 사실인가?"

"무당파에서 무슨 재주로? 그리고 알아냈으면? 지금 무림 맹주가 저렇게 팔자 좋게 키워 준 문파에 패륜이나 저지르고 앉아 있겠어?"

"그럼?"

"내가 알아냈지. 나만 알고 있고. 떠벌리고 다닐 생각도 없어. 아직까진……."

이현은 순순히 대답했다.

어차피 당사자 앞이다. 숨길 이유도 없고, 그럴 필요도 느끼지 못했다.

그의 대답에 사도련주는 안도했다.

"다행이오."

하지만 다행이란 그의 말과 반대로 살기는 도리어 짙어졌다. 차갑고 진득한 한기가 이현의 온몸을 압박했다.

쩌저저적!

찻잔에 담긴 용정차가 얼어붙었다. 사도련주와 흑풍이 내뿜는 지독한 한기가 별채를 휘몰아쳤다.

그것이 의미하는 바는 간단했다.

"죽어 주셔야겠소."

살인멸구(殺人滅口)

이현을 죽여 입을 막을 심산이다.

그 의지를 읽은 이현은 고개를 들어 사도련주를 응시했다.

"칼 치워. 죽기 싫으면!"

섬뜩한 경고가 이현의 입에서 흘러나왔다.

말뿐이 아니다.

부글부글!

그와 함께 흘러나온 이현의 기운이 한기를 몰아냈다. 얼어붙었던 찻잔 속의 용정차가 녹아 끓어올랐다.

"자만하지 마시오. 지금의 나와 흑풍이 함께라면 천마도 두렵지 않소."

안다. 사도련주 개인의 강함은 이미 천마에 비견될 만하다. 거기에 흑풍 전원이 더해진다면 이현은 천하십대고수 둘을 동시에 상대하는 것과 같은 상황이다.

천마가 사도련주를 키워 사파에 심어 놓고도 정작 그가 배신했을 땐 손쓰지 못했던 데에는 그 이유가 한몫하고 있었던 것이 사실이다.

"그래. 그렇겠지. 그리고 난 그 천마를 죽였고."

그럼에도 사도련주의 경고는 이현에겐 통하지 않았다.

아직 전성기 시절의 무위는 완성하지 못했지만, 그렇다고 마냥 허투루 시간을 보내지도 않았다.

"다행이라고 생각해. 망할 지옥의 비무만 아니었으면 너흰 이미 죽었으니까!"

자신을 향해 무기를 겨눈 이를 살려 두고 있다는 것은 야율한이었을 때면 상상도 못 할 일이다.

천마를 죽인 뒤 찾아온 그 많은 손님과 일일이 비무를 하는 생고생을 경험하지 않았다면, 이현은 이미 망설임 없이 칼을 뽑았을 것이다.

지금껏 가만히 있었던 것은 사도련주를 죽인 뒤 찾아올 지옥의 비무 탓이지, 무서워서가 아니다.

"감당할 자신 있나?"

이현은 웃었다.

그 웃음이 담긴 물음에 사도련주는 거짓말처럼 모골이 송연했다.

웃음 속에 가리어진 이현의 눈동자를 보는 순간 알아보았다.

'동류!'

정파 무림의 제자에게서 나올 수 있는 눈이 아니었다.

마교.

오로지 힘에 미친 마교의 닳고 닳은 살인귀에게서나 볼 수 있는 눈이다.

얼마나 죽였을까.

수백, 수천. 아니 어쩌면 그보다 많을지도 모른다. 짐작이 가질 않았다.

"얼마나 죽여 보셨소?"

결국, 그 궁금증을 참지 못하고 질문했다.

"상상하지 마. 나도 세지 않았으니까."

담담한 이현의 대답에 사도련주는 더는 짐작하려 하지

않았다.

'자리가 좋지 않다.'

대신 냉정히 현실을 인지했다.

이현과 함께 온 청화를 보고 안심했다. 농담처럼 말했지만, 만약 일이 틀어진다면 청화를 인질로 삼아 상황을 주도하려 했다.

그러나 그것이 실수다.

그렇게 마음을 놓아 버린 탓에, 그녀가 청화를 마음에 들어 한 탓에 안일하게 대처했다.

그녀와 청화를 함께 두는 것이 아니었다. 아니, 적어도 지금 이 별채에서 이현과 이야기를 나눌 것이 아니었다.

패할 것이라고는 생각하진 않는다.

'허나, 쉽게 이길 수도 없겠구나!'

단번에 이현을 죽이지 못한다면 결국 그녀가 위험해 질지도 모른다.

그런 사도련주의 모습에 이현은 단언했다.

"끝났네. 칼 뽑고 손익계산하는 놈치고 제대로 휘두르는 놈 못 봤지."

이길까 질까를 계산하는 건 칼을 뽑기 전에 해야 할 일이다. 칼을 뽑은 뒤에 생각해야 할 것은 오로지 하나다.

어디를 어떻게 공격해 적의 목줄을 끊어 놓을까다.

헌데 사도련주는 그러지 못했다. 지킬 것이 있는 인간의 특징이다.

이현도 초희와 싸울 때 그러지 않았던가.

덕분에 고생했었다. 그게 다 마음이 모질지 못해서 그렇다. 피 좀 보기로 마음먹자마자 상황이 달라졌던 것도 그 탓이다.

지금 사도련주의 모습이 그때의 이현보다 더하면 더했지, 덜하지는 않았다.

"공격하지 않을 거면 그만 내려놓지?"

이현의 말처럼.

"하아!"

사도련주는 깊은 한숨과 함께 들었던 도를 늘어트렸다.

싸우는 것은 두렵지 않다. 하지만 싸움에 그녀가 휘말리는 것만큼은 죽기보다 싫다.

"대체 내게 원하는 것이 무엇이오?"

사도련주가 물었다.

이현이 굳이 적지인 이곳까지 찾아와 한결같이 협상을 요구했다. 대체 원하는 것이 무엇이기에 이 위험을 감수한단 말인가.

궁금한 한편으로 걱정되기도 했다.

어쩌면 사도련주가 생각하는 것보다 훨씬 곤란한 것을 요구할지도 모른다.

이현이 답했다.

"나랑 좀 놀자."

무당파로 돌아가지 않기 위해서는 함께 놀아 줄 사람이 필
요했다.

*　　　*　　　*

협상이 끝났다.

초희는 사도련 측 진영으로 넘어갔고 모든 협상은 일사천
리로 진행되었다.

그리고 그 결과.

"……우리 지금 뭐 하는 것이지?"

정만이 중얼거렸다.

벌써 열흘째.

대치만 하고 있었다. 싸울 기미는 전혀 보이지 않는다.

그저 사도련 측과 오십 보의 거리를 사이에 두고 서 있을
뿐이다.

처음 며칠은 언제 싸움이 벌어질지 모른다는 긴장감이라도
있었는데 이젠 그마저도 희미해졌다.

벌써 후미에는 땅바닥에 주저앉아 노닥거리는 놈들이 생겨
난 것도 그 탓이다.

이현이 시켰으니 일단 하고는 있지만, 정만은 대체 자신이 무얼 하고 있는지 전혀 감이 잡히지 않았다.

그때.

"아! 알겠습니다!"

장한곤이 소리쳤다.

"기만 작전입니다!"

"기만?"

"예! 이렇게 싸울 듯 안 싸울 듯 적을 붙잡아 두는 겁니다. 그래서 무림맹이 마교를 토벌하는 동안 후미를 안정시키는 것입니다! 아! 역시 도사님께서는 싸우지 않고도 정파 무림을 위한 일을 하고 계신 것입니다!"

"역시! 도사님은 다르시군!"

장한곤의 말에 정만이 고개를 끄덕였다.

"그냥 무당파 돌아가기 싫어서 이러는 거라니까요?"

옥분이 아무리 진실을 이야기해도.

"역시 도사님이셔!"

"그렇지! 그런 깊은 뜻이 있으셨던 거야!"

"그럼 우리도 열심히 도사님의 뜻을 따라야 하지 않겠는가!"

이미 장한곤의 말에 넘어가 버린 이들은 아무도 그의 말을 듣지 않았다.

'에휴! 정파 무림을 위해서는 무슨!'

말해도 믿어 주질 않는 진실을 속으로 삼킨 옥분은 저 멀리 사도련주와 어깨동무하고 있는 이현을 바라보았다.

"그래서! 그때 내가 들이닥쳤을 때 말이야? 그 가슴만 큰 년이랑 했어?"

사도련주의 어깨를 휘감은 이현은 음흉한 웃음을 지으며 질문하고 있었다.

"하다니? 뭐, 뭘 말이오? 무얼 한단 말이오?"

그 말의 의미를 이해하지 못한 사도련주가 고개를 갸웃거린다.

어디로 보나.

'저게 무슨 정파 무림을 위한 짓이야. 그냥 순진한 애 괴롭히는 동네 파락호지!'

지금 이현의 모습은 절대 정파 무림을 힘쓰는 모습과는 거리가 있었다.

"아! 있잖아! 남녀 사이에 그거! 했냐? 했어?"

아니, 집요하게 저 질문이 무당파 도사라는 인간의 입에서 나올 수 있는 말인지부터 심각하게 고민해 봐야 하는 것이 순서일 듯싶다.

*　　*　　*

천산마교가 불타오른다.

지금껏 그 누구의 침공도 허락하지 않았다던 마교의 명성은 이제 옛말이 되었다.

힘에 미친 마교가 오랜 역사 동안 쌓아 왔던 비급은 탈취당했고, 마교도들은 허무하게 쓰러졌다.

그렇게 마교 토벌은 성공으로 끝이 났다.

일등공신은 누가 무어라 해도 무림맹주였다. 천마의 제자였던 그는 마교의 방어 체제를 정확히 파악하고 있었다. 그 연결고리와 맹점을 집요하게 물고 늘어진 그의 진두지휘에 마교는 너무나 쉽게 무너졌다.

천마가 사라진 마교는 전혀 두렵지 않았다.

그렇게 마교 토벌의 일등공신이 된 지금 그는 불타오르는 마교의 전경이 한눈에 내려다보이는 천산 중턱의 어느 동혈에 서 있었다.

마교의 숨겨진 장소다.

무림맹주의 진두지휘로 마교를 토벌한 무림맹조차 파악하지 못한 곳이다. 당연했다. 무림맹주 천호건이 비밀에 부쳤으니까.

그리고 그곳에 무림맹주는.

새로운 천마의 자리에 오르고 있었다.

"끄아아아아악!"

일백의 마교도들이 괴성을 내지르며 바닥에 오체투지 했다. 하나같이 마교 무사대들 중 정예로 꼽히는 마인들이다. 그들 하나하나가 명문정파의 일대 제자들을 베어 넘길 수 있는 강자들이다.

그런 그들이 무림맹주 앞에 무릎을 꿇고 절규하는 모습은 한 폭의 지옥도를 만들어 내고 있었다.

"놈! 신교의 배신자! 내가 고작 네놈에게…… 끄아아악!"

천호건을 향해 악다구니를 쓰며 일어서려던 삼장로 장걸산은 밀려드는 고통을 참지 못하고 비명을 내질렀다.

명문문파의 장문인과 같은 무위를 가졌다가 평가되던 그도 지금 밀려드는 고통에선 자유롭지 못했다.

꿈틀꿈틀!

살갗이 꿈틀거린다. 마치 피부 속에 벌레가 기어 돌아다니는 듯한 기괴한 모습이다. 그것이 장걸산을 비롯한 다른 마인들을 괴롭게 하는 원인이다.

몸속에서 전신을 어지럽게 기어 다니는 그것은 하나둘 분열해 증식했다. 증식하면 할수록 고통은 더욱 크게 그들을 괴롭게 했다.

그리고.

흩어져 증식을 끝낸 수십, 수백의 벌레들이 동시에 기어오른다. 팔뚝을 타고 어깨로, 어깨를 타고 목으로, 뺨으로, 관자놀이로. 그리고 눈으로.

툭! 투툭!

한꺼번에 몰려든 그것들을 견디지 못하고 안구의 실핏줄이 터져 나간다.

그런 그들의 머리 위로 천호건의 목소리가 울렸다.

"어차피 강자존이 아니더냐. 힘이란 결국 결과가 증명해 주는 것. 너희가 따르던 천마는 죽었고, 나는 너희를 굴복시키고 신교를 무릎 꿇렸다. 그것이 결과다. 이것이 우리가 믿는 힘의 율법이 아니고 무엇인가."

으득!

장걸산은 천호건의 괴변에 반박할 수 없었다. 이를 악물고 밀려드는 고통을 참아 내는 것만으로도 벅차 있었다.

"그러니!"

천호건은 만족스럽게 웃었다.

승자의 자리에서 세상을 내려다보는 지금을 만끽했다.

"내놓아라! 전부를. 나는 강자이며 승자이고, 너희는 약자이며 패자다."

피슉!

핏줄기가 튀었다. 안구의 실핏줄이 터지고, 그것이 결국 피분수처럼 치솟아 나왔다. 일백의 마인들이 쏟아 내는 피눈물이 바닥을 붉게 물들였다.

　무릎 꿇은 일백 마인의 피눈물 속에서 천호건은 선언했다.

　"이제 내가 천마다!"

　천호건은 자신이 새로운 천마임을 알렸다.

　그와 동시에.

　퍽!

　피눈물을 쏟던 일백 마인의 눈 속에 무언가가 터져 나갔다. 눈동자와 흰자위가 사라졌고, 넘쳐 흘렀던 핏물들은 빨려 들어가듯 눈 깊은 곳으로 사라졌다.

　흰자위와 검은자위의 경계가 사라지고, 검지도 희지도 않은 눈을 가진 일백의 마인이 생겼다.

　그리고.

　"경배하라! 새로운 천마의 탄생을!"

　천호건의 명령에 합창했다.

　"천마를 뵙습니다!"

　새로운 천마의 탄생을 위한 의식이 끝났다.

　오로지 천호건만을 위한 의식이었고, 그만이 할 수 있는 의식이었다.

　언제든 천호건을 대신해 목숨을 내어 줄 이들이 생겼다.

　"오늘만큼은 스승님께 감사하구나!"

　천호건은 만족했다.

"맹주님!"

그런 그에게 누군가 다가왔다. 흰 정파의 옷을 입은 그의 옷깃에 적힌 글자는 주(主). 무림맹주의 직속 무사대의 표식이었다.

일백 마인과 같이 희지도 검지도 않은 눈을 가진 그는 지금껏 싸워 온 마교도들을 앞에 두고도 망설임 없이 맹주를 향해 다가갔다.

그리고 그의 귀에 낮게 속삭였다.

"음…… 아무 일도 없었다?"

"예!"

수하의 보고에 지금껏 만족스러운 웃음을 잃지 않았던 천호건의 얼굴이 찌푸려졌다.

"아쉽군! 일이 복잡하게 되었어."

수하가 전해 온 것은 이현과 사도련의 소식이었다. 금방이라도 일전을 치를 듯했던 그들은 결국 마교가 멸망하는 이 순간까지 아무런 충돌도 일으키지 않았다.

그건 천호건이 바라던 것이 아니다.

"적어도 둘 중 하나는 끝을 보리라 생각했건만!"

다른 이들이 그렇듯 맹주 또한 사도련주와 이현 중 하나가 죽음을 맞이할 것이라 기대했다.

그러나 결국 기대는 어긋났다.

이현도 사도련주도 살아 있다.

천호건에겐 아쉬운 일이었지만, 이내 찌푸린 인상을 폈다.

고작 단 하나의 어긋남이다.

그가 이번 마교 토벌에서 얻은 것에 비하면, 이현과 사도련주가 그의 기대에서 어긋난 것은 아무것도 아니다.

그러니 실망하지 않았다.

"조금 늦어진 것뿐이다."

늦어졌을 뿐.

변하는 것은 없다.

히쭉!

느닷없이 무림맹주가 웃었다.

"아니, 오히려 빨라진 것인가?"

좋은 생각이 떠올랐다.

第五章

　가을의 끝자락.

　정파 무림에 두 명의 영웅이 탄생했다.

　그 두 명의 영웅들의 이름은 이제는 너무나 익숙한 이름이
되었다.

　가장 먼저 무림맹주 천호건이다.

　역사상 한 번도 외부의 침입을 허락하지 않았던 마교를 무
너트리는 데 결정적인 공헌을 한 그가 보여 준 결단력과 뛰어
난 지휘력은 모두의 인정을 받기 충분했다.

　반면 다른 한 사람.

　산적과 마적을 토벌하고, 그들을 규합해 마교의 무사들을

패퇴시킨 것도 모자라, 천마를 베어 넘김으로써 새로운 천하 십대고수의 자리에 당당히 그 이름을 새겨 넣은 정파 무림의 신성.

바로 무당무왕(武當武王) 이현이다.

이미 천마를 죽임으로써 그 명성이 정점을 찍었음에도 이현의 행보는 멈추지 않았다. 장강수로채를 토벌했다. 이로써 산적, 마적, 수적을 모두 토벌한 역사상 누구도 하지 못했던 일을 이루었다.

그리고 그 여세를 몰아.

북상을 시작하던 사도련의 정예를 막아 세웠다. 이현을 제외한다면 고작 산적과 마적, 그리고 전향한 수적들로만 구성된 이들을 이끌고 이루어 낸 공적이다.

고작 약관에 불과한 무당파의 제자가 자칫 정사대전으로 번질 일촉즉발의 위기를 막은 것이다. 하물며 정파 무림의 전력 중 상당수가 마교 토벌을 위해 신강으로 떠나 있던 사이에 이루어 낸 성과였으니, 이현이 세운 공적은 능히 마교 토벌에 비견될 만하다는 것이 중인들의 의견이었다.

이제 정파 무림에서 무림맹주와 이현을 칭송하지 않는 이들은 찾아보기 어려웠다.

다만.

"육시랄 놈!"

그 찾아보기 어려운 인물이 하필이면 무당파에 있었다.

· 혜광이다.

"허허허허! 그래도 기특하지 않습니까."

"기특은 무슨 개 풀 뜯어먹는 소리더냐! 잠잠해질 때까지
나가 있다 돌아오라고 보내 놨더니……! 네놈 눈엔 이게 어디
조용해 보이더냐!"

청수진인의 말에 혜광은 손가락을 뻗어 저 아래를 가리
켰다.

"허허허허!"

청수진인은 그저 사람 좋은 웃음을 지었다.

청수진인과 혜광이 서 있는 언덕 아래로 보이는 산문은 긴
줄이 늘어져 있었다. 이미 안력(眼力)이 인간의 한계를 벗어난
두 사람의 눈에도 도저히 그 끝이 보이질 않을 만큼 끝없는
행렬이다.

모두 이현의 명성을 듣고 찾아온 이들이다.

일전에 이현이 천마를 죽였을 때 찾아온 이들보다 많으면
많지 적지는 않아 보인다.

"뭐 얻어먹을 것 있다고 바리바리 싸들고 와! 오기를! 이런!
육시랄!"

혜광의 거친 입담은 멈출 줄을 몰랐다.

두 사람의 눈에 보이는 긴 행렬. 그 행렬 중에는 온갖 금은

보화와 쌀이 가득 실린 수레들도 어렵지 않게 찾아볼 수 있었다.

모두 무당파에 기부하고자 하는 상인들이나 권문세족, 혹은 정파 문파에서 보내온 것이리라.

"허허허! 그래도 장문께서는 좋아하시더군요."

"좋기는! 저것들 다 처먹으면 배 터져서 죽는다고 내 몇 번이나 말하지 않았더냐. 그렇다고 도사 주제에 준다는 걸 또 마다할 수도 없는 노릇이고……! 저걸 대체 어쩌라는 것인지!"

거지와 중. 그리고 도사의 공통점은 하나다.

말이 좋아 기부금이니 참배금이니 하지만 툭 까놓고 이야기하면 결국 도사나 중은 거지처럼 적선 받아먹고 사는 처지들이다.

빌어먹는 처지에 찬밥 더운밥 가려서는 안 되는 것은 당연한 말이다.

부정한 방법으로 축적한, 혹은 부정한 대가를 바라고 주는 것이 아닌 이상 무당파는 저들의 기부금을 거절할 수 없다.

그건 무당파가 할 짓이 아니다.

주는 대로 다 받았다가는 배 터져 죽을 판이고, 그렇다고 준다는 걸 안 받을 수도 없는 처지다.

이러지도 저러지도 못하는 이 얄궂은 현실이 혜광을 더욱 화나게 했다.

"이래서야 준비도 다 소용없게 되어 버리지 않았느냐!"

원래의 계획은 이런 것이 아니었다.

이현이 떠나 있는 동안, 무당파는 준비하려고 했다. 관심과 집중을 받고 있는 현실이 만들어 낼 잠재된 위험을 대비할 준비를 말이다.

그런데 막상 떠나 있던 이현이 더 큰 사고를 치고 다닌 덕에, 무당파를 향하는 집중과 관심은 더욱 커진 상황이다.

혜광과 청수진인의 주도하에 진행된 준비는 이제 소용없어 졌다.

그것이 가장 화가 난다.

"허허! 그래도 장하지 않습니까. 그 아이가 제때 나서지 않 았으면 자칫 큰 희생을 감수해야 했을 테지요."

"꼴에 제자랍시고 편드는 게냐?"

혜광이 청수진인을 향해 눈을 부라렸다.

가뜩이나 심사가 꼬인 마당에 이현을 두둔하는 청수진인의 모습이 곱게 보일 리 만무했다.

"허허허허."

쌍심지를 켜는 혜광의 눈빛에 청수진인은 웃었다.

"웃어? 오냐! 언제까지 그렇게 웃는지 보자! 네놈 죽이고 나도 어디 천하십대고수 한번 되어 보자!"

혜광이 팔을 걷어붙인다.

장난이 아니다. 장난이었으면 처음부터 팔을 걷어붙이지는 않았을 것이다.

"끌끌끌!"

하지만 혜광은 청수진인에게 손을 쓰지 않았다.

대신 묘한 웃음을 지으며 언덕 아래를 향해 시선을 돌렸다.

"오는구나. 그 화상이!"

그의 말이 끝나기 무섭게 언덕 아래에서 큰 소란이 일어났다.

"무당무왕이다! 무당무왕이 다시 무당파로 돌아왔다아!"

무당무왕 이현이 무당파로 복귀하고 있었다.

*   *   *

꿀맛 같던 휴식이 끝나고 제 발로 지옥으로 걸어 돌아오는 기분은 개떡 같다.

만사가 마음에 들지 않는다.

"우와! 사질아 사람들 봐! 엄청 많아! 전부 너 만나러 왔나 봐!"

이현의 속도 모르고 청화가 재잘댄다.

"제기랄!"

불어오는 바람도 짜증 나고, 사람들의 환호와 환대도 거슬린다. 해검지(解劍池)를 지나면서부터 따라붙는 수많은 시선도 화딱지 난다.

　　—약속은 지켜 주시리라 믿소.

　심지어 떠나기 전 사도련주가 마지막으로 했던 그 말까지 마음에 안 든다.

　"개똥 같은! 아무렴 내가 그 약속 하나 안 지킬까 봐서!"

　어려운 약속은 아니었다. 이현에게는 아주 간단한 약속이다. 떠나기 전만 해도 그게 그렇게 귀에 거슬리지도 않았다.

　하지만 지금은 귀에 거슬린다.

　마음 같아서는 확 약속이고 나발이고 입 닦아 버리고 싶은 심정이다.

　"아이씨! 괜히 욕심 부려서는! 그냥 수적 놈들만 조지고 돌아오는 건데!"

　환호하는 사람들의 면면에 뒤늦게 후회가 밀려들었다.

　이 많은 사람 중 상당수가 비무를 청하기 위해 찾아온 이들일 것이다.

　얼추 올라오면서 훑어본 것만 어림짐작해도 천마를 죽였을 때 찾아온 이들보다 훨씬 많다.

　이게 다 사도련을 막아서서였다.

큰 의도가 있어서가 아니었다. 그저 무당파로 돌아갈 시간을 늦추기 위해서였다. 하지만 그게 패착이다.

그냥 수적만 토벌하고 왔다면 이렇게 많은 이들이 모이지는 않았을 것이란 것쯤은 아무리 머리 굴리기 싫어하는 이현도 잘 알고 있었다.

이제 돌아가면 전보다 더한 지옥의 비무가 기다리고 있을 것이다.

더불어, 더욱더 높아진 명성을 향한 혜광의 질투까지 감당해야 한다.

눈앞이 캄캄했다.

'튈, 튈까?'

순간 찾아온 유혹.

유혹은 강렬하고 달콤하게 이현을 현혹시켰다.

지금 여기서 도망쳤다가 혜광에게 잡히기라도 하는 날에는 죽는다. 숨 끊어진다. 곱게 죽기도 어렵다. 그건 확실했다.

하지만 그 모든 것을 알면서도 유혹은 좀처럼 뿌리치기 어려웠다.

'이대로 들어가면 살아도 산 게 아닌데!'

지옥의 비무가 기다리고 있을 것이다. 자지도 먹지도 못하고 망할 손님맞이라는 명목하에 산송장이 될 것은 불 보듯 뻔한 일이다.

'잡히지만 않으면…… 어쩌면 자유를 만끽할 수 있을지도 모른다.'

희박한 확률이다.

그 희박한 확률이 왜 이렇게만 달콤하게 다가오는지 모를 일이다.

'그래! 이래 죽으나! 저래 죽으나!'

이현은 마음을 굳혔다.

죽어라 비무만 하다 과로사로 죽으나, 도망쳐서 걸려서 혜광에게 맞아 죽는 것이나 어차피 죽는 건 똑같다.

'튀자!'

몸을 돌렸다.

그와 동시에…….

"끌끌끌!"

섬뜩한 웃음소리가 이현의 귀를 후벼 들었다.

"왔으면 들어올 일이지 몸은 또 왜 돌리는 게냐? 왜? 튀려고?"

몸을 돌린 그 자리에 괴소를 터트리며 두 눈엔 흉포한 안광을 번뜩이는 혜광이 퇴로를 막고 서 있었다.

'젠장!'

혜광은 실낱같은 희망조차 허락하지 않았다.

　　　　*　　　*　　　*

　도망칠 수도 없다.

　결국, 무당파로 복귀하고 말았다. 장문인과 무당파 어른들의 간단한 치하 이후 이현을 반긴 것은 역시나 비무와 대담(對談)이다.

　"네놈 상판대기 보자고 먼 길 찾아온 손님들을 모른 척할 셈이냐!"

　반항을 안 해 본 것은 아니었지만, 혜광의 그 말에 모든 반항은 끝났다.

　먼저 대담이다.

　앞서 한번 해 본 경험이 있어서인지, 그리 어렵지는 않았다.

　물론, 새로운 규칙이 하나 더 생겼다.

　한 사람당 한 번의 질문을 할 수 있다.

　일신의 안정과 평화를 위해 찾아낸 고육지책은 나쁘지 않았다.

　"무왕께서는 먼저 수적을 토벌하여 사파의 물길을 압박하고, 그 뒤 사도련을 막아 세우셨습니다. 이는 의도하신 일이십니까?"

　학사건을 두른 문사 같은 인상의 사내가 물었다.

　"뭐, 대충은……?"

이현은 대답했다.

거짓말은 아니다. 물론, 사도련과 마주했던 의도가 그저 무당파로 복귀할 시일을 늦추기 위한 것일 뿐이었지만.

어차피 질문은 한 번이다.

그 대답에 학사건을 두른 사내는 고개를 끄덕이고 돌아갔다.

그 뒤로 다른 이들에게도 질문을 받았다.

"지금까지 도사님께서 행하신 행적을 살펴보면 한번 부딪쳐 보실 만도 하셨는데 왜 사도련과는 부딪치지 않으셨는지요?"

그 질문에 대한 이현의 대답은 간단했다.

"누구 좋으라고?"

이유는 간단했다. 괜히 사도련과 싸워서 이기기라도 하면 무당파를 찾아오는 이들의 숫자도 지금의 곱절은 될 것이다.

누구 좋으라고 그 많은 이들을 감당한단 말인가.

하지만.

"흐음…… 흑막이라……?"

질문을 던진 사내는 전혀 다른 뜻으로 오해를 했는지 심각한 표정으로 고개를 끄덕이고는 나가 버렸다.

그 뒤로도 여러 사람에게서 온갖 질문을 받았다.

"무왕께서 도제와 마주하신다면? 누가 이기시겠습니까?"

"내가!"

"사도련주는 피에 미친 혈귀라고들 하는데, 실제로도 그런가요?"

"걔가?"

"사도련주는 미남으로도 유명한데 진짠가요?"

"걔보단 내가 낫지."

별별 시답지 않은 질문들이다.

그 질문들에 별별 시답지 않은 무성의한 대답들로 일관했다.

그렇게 대담이 끝났다.

"다음!"

대담이 끝난 뒤 이현에게 남은 것은 악명 높은 지옥의 비무다.

규칙은 같다. 규칙을 더하거나 뺄 수도 없었다. 이미 이 이상 시간을 단축할 만한 규칙을 만들어 내는 것이 불가능했으니까.

결국, 몸으로 때우는 수밖에 없다.

그나마 다행이라면 신강에서의 일 이후 아직도 내공이 증가하고 있다는 점이다.

무공에 대한 경험과 깨달음은 충분하다 넘쳐 흘렀으니, 내공만 바쳐 준다면 그리 불가능할 정도는 아니었다.

여전히 숫자가 많다는 것은 짜증 나는 일이었지만 말이다.

하지만.

진정한 복병은 따로 있었다.

"다음! 다음 없어?"

일 초에 하나씩 굴복시키며 끝없는 비무행을 이어 가던 이현이 신경질적으로 소리쳤다.

"대기번호 사십사! 없어?"

갈 길이 멀기만 하건만 사십사번은 나타날 기미가 보이질 않는다.

신경질적으로 소리치던 이현이 다음으로 넘어가려는 순간.

"끌끌끌! 고생이 많구나."

혜광이 이현의 앞으로 걸어왔다.

"어? 여긴 웬일이십니까?"

느닷없이 나타난 혜광의 모습에 의문이 드는 건 당연했다.

그게 실수였다.

묻지 말았어야 했다.

"받거라."

턱!

"뭡니까 이건…… 사십사?"

무의식적으로 혜광이 건넨 무언가를 집어 든 이현의 얼굴이 딱딱하게 굳어버렸다.

나무패다. 그 위에 적힌 글자는 단 세 글자. 사십사 (四十四).

비무를 신청한 이들에게 순번을 정해 주기 위해 나누어 주었던 그것이 혜광의 손에 의해 다시 이현에게로 돌아왔다.

"끌끌끌. 그래. 여기서 하겠느냐? 아니면 어디 다른 곳에서 하겠느냐?"

혜광이 광기로 번들거리는 눈으로 그렇게 묻고 있었다.

비무 대기번호 사십사의 주인은 혜광이었다.

"그럼 옮기시죠."

잠시 후 아무도 없는 산 중턱 공터.

쾅!

이현이 피를 토하며 나가떨어졌다.

허나, 그건 시작일 뿐이다.

"사백사십사!"

태풍이 휘몰아치기 직전에 구름이 몰려들고, 바람이 불어오는 것과 같은 불행의 전조에 불과했다.

"끌끌끌! 어째 내가 뽑는 번호마다 이러는지 모르겠구나!"

사십사번에 이어 사백사십사번의 주인도 혜광이었다.

흉소를 지으며 다가오는 혜광의 모습에.

"에휴…… 옮기시죠?"

이현은 자리를 옮겼다.

그리고.

펑!

피 화살을 쏜으며 날아가 처박혔다.

사십사와 사백사십사.

두 번의 경험으로 깨달았다.

노리고 있다. 보나 마나 사천사백사십도 혜광이다.

"사숙조! 그냥 나오시죠?"

이제 번호를 부를 필요도 없다.

"끌끌끌! 어째 나는 뽑는 번호마다 이 모양인 줄 모르겠구
나. 네놈은 나인 줄은 또 어찌 알았을꼬……?"

"제 머리는 뭐? 장식입니까? 잔말 말고 옮기시죠?"

피해도 어쩔 수 없는 일이다.

"끌끌! 그저 우연이라니까! 그래. 일단은 옮기자꾸나."

이현은 상황을 주도했다.

그리고.

콰앙!

"껵!"

피떡이 된 얼굴로 날아가 처박혔다.

아무리 상황을 주도해도.

어쩔 수 없는 건 늘 있는 법이다.

예를 들면 혜광과의 비무 같은 것 말이다.

*　　　*　　　*

가뜩이나 힘들고 지치는데 혜광까지 가만히 내버려 두질 않으니 그 고통과 괴로움은 이루 다 말할 수가 없었다.

사천사백사십사 번째의 혜광과의 비무를 피 분수를 쏟으며 날아가는 것으로 끝낸 뒤.

이현은 몸을 회복하는 데 하루를 쓰고 다시 비무에 나섰다.

잠자는 시간, 먹는 시간까지 쪼개 가며 비무를 진행한 강행군 덕분에 끝이 나지 않을 것 같던 지옥의 비무도 슬슬 마지막을 향하고 있었다.

물론, 그 와중 사만사천사백사십사 번째의 비무 상대가 혜광이었다는 것도, 그 혜광에게 두드려 맞아 회복하는 데 다시 하루를 꼬박 소비해야 했다는 것은 그리 특별할 것도 없는 일이 되어 버렸다.

어찌 되었든.

"……다음!"

영원과도 같았던 비무는 마지막에 닿아 있었다.

벌써 해는 저물고 별빛만이 반짝이고 있는 밤이다.

"······다음! 다음 없어?"

누적된 피로에 눈조차 제대로 뜨지 못하는 이현의 지친 목소리가 연무장을 울려 퍼졌다.

"······."

그러나 조용하다.

벌써 이쯤 됐으면 차례를 기다리던 이들이 후다닥 달려 나와야 할 테지만 어찌 된 것이 사람 숨소리도 들려오지 않는다.

그제야 이현이 힘겹게 고개를 들어 주위를 바라보았다.

"······끝?"

없다.

연무장을 가득 채웠던. 대체 살아생전에는 모두 다 상대할 수 있을까 했던 그 많은 인간들이 코빼기도 보이지 않는다.

이제 연무장에 서 있는 건 오롯이 이현 하나뿐이다.

끝났다.

이제야 지긋지긋한 비무가 끝을 고했음이 피부로 느껴졌다.

털썩!

위태롭게 다리가 풀려 그 자리에 주저앉았다. 아니, 앉아 있는 것도 버거워 발라당 뒤로 누워 버렸다. 흙바닥에 벌렁 누웠으니 옷이야 버리겠지만, 그런 건 아무래도 좋았다.

벌써 가을의 끝자락을 지나 겨울의 문을 열고 있는 날씨다.

하지만 춥지 않다.

춥기는커녕 지금까지 쉬지 않고 달려온 육신이 내뿜는 열기를 식혀 주는 것 같이 시원하게만 느껴졌다.

"끝이다!"

고생 끝 행복 시작이다. 내일은 비무 걱정 없이 아침을 맞이할 수 있을 것이란 생각에 절로 웃음이 흘러나왔다.

그렇게 지옥의 비무에서 벗어난 해방감을 만끽하고 있을 때.

툭.

이현의 얼굴 위로 검은 음영이 드리워졌다.

"뭡니까 이건?"

널브러진 이현의 눈에 자신을 내려다보고 있는 혜광이 보였다.

더불어 그가 내던진 무언가에 대한 의문도 같이 뒤따랐다.

이현의 물음에.

"끌끌끌! 눈은 뒀다가 어디다 쓰려고? 네놈이 직접 확인하거라."

혜광이 웃는다.

이현은 애써 불길함을 밀어냈다.

끝난 마당이다. 이제 지옥 같은 비무가 끝났는데 더는 무슨 일이 일어나겠는가.

그런 마음으로 애써 후들거리는 손으로 바닥에 떨어진 그 것을 손에 쥐었다.

나무 패다. 익숙한. 숫자가 적혀 있는.

"오만이천백오?"

습관적으로 목패에 적힌 숫자를 읽어 버렸다.

"뭡니까 이건?"

이현의 시선이 다시 혜광을 향했다.

"뭐로 보이느냐?"

"비무 순번표요."

"끌끌끌! 제대로 보았구나."

혜광의 얼굴에 흡족한 웃음이 맺힐수록, 이현의 얼굴은 점 점 더 일그러졌다.

뇌리를 스치는 강렬한 불길함을 애써 떨쳐 내려 했다.

"에이. 아니죠?"

"아마 맞을 게다."

하지만 혜광은 이현의 실낱같은 희망을 철저히 짓밟았다.

얼마나 화가 났던지.

"아! 왜! 왜요! 이건 사(四)자도 안 들어가는 번호잖습니까!"

벌떡 일어나서 소리쳤다. 해도 해도 이건 너무하다.

사십사. 사백사십사. 사천사백사십사. 사만사천사백사십

사. 거기까진 이해를 한다.

하지만 이건 아니지 않은가.

"이건 오만이천백오란 말입니다!"

다 끝난 마당에. 사십사만사천사백사십사 번도 아니고 오만이천백오 번을 들고 나타나다니!

"해도 해도 이건 아니지 않습니까!"

격렬하게 저항했다.

"끌끌끌! 말하지 않았더냐. 나는 그저 뽑은 번호가 그랬을 뿐이라고."

혜광은 그저 뽑은 번호가 그랬을 뿐이란다. 사가 들어가는 비무 순번표마다 혜광이 쥐고 있었거늘, 그게 다 우연의 일치란다. 청화를 데려다 물어봐도 이걸 우연의 이치라고 이야기하진 않았을 것이다.

그런데 어쩌겠는가.

우연의 일치라고 주장하고 있는데. 하물며 그 주장하는 인간이 혜광인데 말이다.

"……대체 저한테 왜 이러시는 건데요……!"

억울했다.

천마 모가지도 따고, 사도련주의 얼굴에 주먹을 박아 넣었음에도 여기서 또 힘없는 자의 서러움을 경험하리라고는 생각지도 못했다.

억울함과 서러움을 담긴 그 물음에 혜광이 답했다.

"뭐, 별것 있겠느냐. 나는 그저 예비 천하제일인의 무공은 어떤 것인가 견식이나 좀 해 보고 싶은 것이지."

"……썩을!"

결국, 또 그놈의 예비 천하제일인이란 쓸데없는 수식어가 화근이었다.

퍽!

혜광의 주먹이 날아왔다.

<pre>
        *   *   *
</pre>

퍽!

피 분수가 튀어 올랐다. 부서져 버린 머리가 바닥으로 떨어졌다.

푸욱!

이미 머리를 잃은 시체의 심장에 한 자루 도가 틀어박혔다.

확인 사살이다.

그 도를 쥔 이는 온통 검은 흑의로 전신을 가린 사내다. 아니, 어쩌면 사내가 아닐지도 모른다.

상관없다.

그의 성별이 무엇인지, 이름은, 나이는 또 무엇인지 아는 사람은 이 세상에 이제 단둘밖에 남아 있지 않았다.

그는 흑풍이다.

그런 흑풍의 등 뒤로 한 폭의 지옥도가 펼쳐져 있었다. 지천에 망자의 육신이 나뒹굴었다. 시신에서 흘러내린 피는 흙바닥을 축축하게 적신다.

"……"

그 중심에서 묵묵히 침묵을 지키는 흑풍의 등 뒤로 누군가 다가왔다.

그와 같이 온 전신을 흑의로 가린 자가 셋이다. 그들 또한 흑풍이다.

"복귀하지."

긴말이 오가지 않았다. 그저 필요한 말만 할 뿐이다. 모든 일이 끝난 이상, 더는 이곳에 있을 이유는 없다.

곧 네 명의 흑풍은 모습을 감추었다.

그리고.

화륵!

불길이 치솟는다.

두천방이란 사파 방파 하나가 한 줌 잿더미로 화하는 데에는 불과 하룻밤이면 충분했다.

무림맹이 마교 토벌에 성공하고, 사도련주가 복귀한 이후.

사파는 혹독한 시간을 보내고 있었다.

멀쩡하던 사파 방파 하나가 하룻밤 새 사라지는 것은 이제 특별한 일도 아니게 되었다. 많은 사파 무인이 피를 흘리며 죽음을 맞이하는 것 또한 이젠 흔한 일이 되었다.

그러나 누구 하나 섣불리 불만을 토로하지 못하는 것은……

이 혈풍이 정파가 아닌 사파의 중심인 사도련에서 주도하는 일이었기 때문이다. 아니, 사도련주가 주도하는 일이라 말하는 편이 맞았다.

오늘 밤 총 세 개의 사파 문파가 사라지고 불타올랐다.

사도련의 밤도 고요하지는 않았다.

"사, 살려 주십시오!"

한때는 사도련 내에서도 제법 비중을 차지하고 있던 혈채문의 문주 막용산은 바닥을 기었다.

공포에 질려 목숨을 구걸하는 그의 염소수염은 사시나무 떨듯 파르르 떨렸다.

그런 그를.

"……."

사도련주가 침묵으로 내려다보고 있었다.

"죄, 죄송합니다. 하오나 배신이 아니었습니다! 그, 그러니까…… 정파 놈들의 동태를 살피기 위해서……억!"

사도련주의 마음을 돌려놓기 위해 급히 꺼내 놓던 막용산의 변명은 차마 끝까지 이어지지 못했다.

"끄, 끄르륵!"

막용산의 목구멍으로 사도련주의 도가 들어가 박혔다. 역류해 치솟는 핏줄기가 식도를 타고 올라와 목구멍을 채워 버렸다.

그러나 그마저도 잠시다.

쩌저정!

치솟아 오르던 뜨거운 핏물은 삽시간에 식어 차갑게 얼어붙었다. 치솟던 피뿐만이 아니다. 부릅뜬 막용산의 두 눈도, 그의 머리칼도, 팔다리도 새하얀 서리가 내려앉으며 얼어붙는다.

사도련주는 혈향이 번질 틈조차 허락하지 않았다.

"려……련주!"

무심하게 죽은 막용산을 내려다보는 사도련주의 등 뒤로 호설귀의 목소리가 들려왔다.

오랜만에 분 피바람에 호설귀는 불안을 감추지 못했다.

그런 호설귀를 향해 고개조차 돌리지 않은 사도련주의 서늘한 목소리가 울려 퍼졌다.

"다음."

"그…… 그것이……."

"다음!"

"이, 이미 너무 많은 피를 흘리셨습니다. 아무리 저들이 무림맹과 야합을 획책했다고는 하지만……!"

호설귀는 사도련주의 독촉에도 자신의 할 말을 아끼지 않았다.

그게 그가 해야 할 일임을 잘 알고 있었다.

"무림맹의 활약에 본 련을 배반하려 했던 자들의 일은 분명 벌함이 맞습니다. 하오나, 지금은 상황이 좋지 않습니다. 자칫 무림맹과의 전면전을 벌여야 할 지금 이렇게 전력을 소모시키셔서야……!"

마교를 토벌하면서 무림맹은 황금기의 서막을 열고 있다. 신의보다 이득을 앞세우는 사파의 문파들이 가만히 손 놓고 있을 수만은 없다. 더욱이 언제 사파와 정파의 전면전이 벌어질지 알 수 없는 지금과 같은 일촉즉발의 상황에서는 더더욱 그랬다.

당연히 무림맹과 접선을 시도하는 이들이 생겨났다. 사도련 밖은 물론, 사도련 내부에서도.

결국, 사도련주가 칼을 뽑은 것도 그들을 처단하기 위해서다.

하지만 지나치다.

결국, 제 살 깎아 먹기다. 최악의 상황엔 무림맹과의 일전을 생각해야 하는 사도련의 입자에선 지양해야 할 일이기도 했다.

그런데 그 일을 사도련주가 강행하고 있었다.

막아야 했다.

"차라리 배신자들을 선봉에 세우시지요. 그들로 하여금 무림맹과의 일전을 치르게 하시어 그 죗값을 치르게 하시는 것이……!"

무조건 사도련주의 뜻을 막을 수 없다. 그를 설득할 이유와 대안을 이야기해야만 한다.

하지만 그마저도 다 끝맺지 못했다.

"싸울 의지도 없는 이를 선봉에 세우라?"

사도련주의 그 물음이 호설귀의 말문을 틀어막아 버린 탓이다.

차갑게 가라앉은 사도련주는 냉소했다.

"싸울 의지가 없는 이들이 선봉에 선다면? 그들과 함께 등을 맞대어야 할 무사들은 무슨 죄오? 그대라면 믿을 수 없는 아군에게 등을 맡길 수 있겠소?"

사도련주의 물음이 칼날처럼 호설귀의 맹점을 찔러 들어왔다.

"지금 피를 보는 것은 우리가 어쩌면 전쟁을 치러야 할지도 모르기 때문이오."

믿을 수 없는 아군은 적보다 무섭다.

적어도 사도련주의 생각은 그랬다. 그리고 확고했다.

"다음!"

오랜만에 칼을 뽑은 사도련주는 피를 보길 주저하지 않았다.

지난날 그가 사도련주의 자리에 올랐었던 그날처럼 썩은 살을 도려내는 사도련주의 심장은 차갑게 얼어붙어 있는 것만 같았다.

"려…… 련주!"

사도련주의 확고한 의지에 호설귀는 더는 막을 수가 없었다.

아니, 최후의 방법이 있다.

'주모님께 알린다면……!'

차갑게 얼어붙은 사도련주의 심장을 녹일 수 있는 단 한 사람.

그의 부인.

그녀에게 알린다면, 그녀가 사도련주를 막는다면 가능한 일이다.

하지만 호설귀는 급히 고개를 내저었다.

'그랬다가는 그땐 죽는 건 저들이 아니라 내가 될 것이야!'

세상이 손가락질하고 살인귀라 욕하는 것은 무심히 넘어가는 사람이었으나, 그녀에게 만큼은 항상 좋은 사람이고 싶어 하는 사람이다.

그런 그의 잔인한 일면을 그녀가 알게 되면.

사도련주가 절대 참지 않을 것임은 호설귀는 어렵지 않게 짐작할 수 있었다.

그러니 그녀에게는 결코 알려서는 안 된다.

그렇다고 이대로 사도련의 세력이 깎여 나가는 것을 넋 놓고 지켜볼 수만은 없다.

이러지도 저러지도 못하는 상황에 호설귀의 이마에는 주름만 늘어 갔다.

그때였다.

푸드드득!

전서구 한 마리가 사도련 외원으로 내려앉았다.

다음 배신자를 처단하는 데 혈안이 되어 있던 사도련주도 전서구의 등장에 움직임을 멈춘다.

호설귀는 급히 달려가 전서구의 다리에 묶인 서찰을 펼쳤다.

'되, 되었다!'

서찰을 읽어 내려가던 호설귀의 얼굴에 화색이 돌았다.

호설귀는 이쪽을 응시하는 사도련주를 향해 서찰의 내용을 전했다.

"무림맹에서 회담 제의를 수락했습니다!"

곧 회담이 시작된다. 정사의 전쟁이 일어나도 회담이 끝난 뒤의 일이 될 것이다. 당장은 시간을 벌었다.

'그러니 련주께서도 더는 피를 보지 않으실 것이다!'

무림맹에서 회담 제의를 수락한 것도 기쁘지만, 무엇보다 기쁜 것은 그것이다.

사도련의 전력을 깎아 먹는 이 일도 당분간은 멈출 것이다.

그렇게 믿었다.

"무왕이 약속을 지켰군! 다행이오!"

사도련주의 웃음을 보았을 때까지만 해도 그랬었다.

하지만.

"다음!"

사도련주는 피를 보길 멈추지 않았다.

第六章

　무림맹에서 정사 양측의 대표자인 무림맹주와 사도련주가 회담을 시작한다.

　회담의 안건에 대해서는 아직 밝혀지지 않았지만, 누구도 그 안건에 대해서 궁금해하진 않았다.

　굳이 고민해 보지 않아도 알 일이었기 때문이다.

　표면적으로 사도련 측의 요청으로 만들어진 자리다. 거기에 무당무왕 이현이 주선했고, 무림맹은 마교 토벌에 성공함으로써 한창 주가를 올리는 중이다.

　상호불가침을 이야기하기 위한 회담 자리가 될 것이 불 보듯 뻔한 일이다.

다만, 그 상호불가침이란 안건이 협의될지 아닐지는 아직은 누구도 알 수 없다. 무림맹이 회담에 응한 것은 순전히 이현의 이름이 가지는 무게 때문이었으니까.

그러니 사람들의 관심은 회담의 안건보다는 상호불가침협정이 맺어질지 아닐지에 대한 결과에 초점이 맞춰져 있었다.

그리고.

사람들이 관심을 두는 것은 또 하나 있었다.

"……무림맹 부맹주?"

이현은 눈을 끔뻑거렸다.

무림맹과 사도련의 회담을 주선한 건 이현이 맞다. 그건 사도련주와의 협상에서 초희를 넘겨주는 것과 함께, 무림맹과 사도련의 회담을 건의해 주기를 요청한 사도련주의 요구 때문이었다.

그저 건의다. 어려울 것도 없다. 말 한마디만 하면 되는 일이니 이현으로서는 흔쾌히 들어주었을 뿐이다.

하지만 무림맹 부맹주란 자리는 다르다.

이현은 전혀 예상치도 못한 일이다. 심지어 그 이야기가 무림맹주의 입을 통해 나왔고, 그의 강력한 주장에 의해 가결되었다고 한다.

"그러니까…… 나보고 무림맹 부맹주를 하라고?"

자다가 남의 다리 긁는 것도 아니고, 뜬금없이 무림맹 측에서 부맹주가 되어 주질 않겠느냐고 제의가 왔다.

끔뻑! 끔뻑!

이현은 그답지 않게 눈을 깜빡였다.

뭐가 어떻게 돌아가는지 당최 이해가 되질 않으니, 이게 좋은 것인지 나쁜 것인지도 감이 잡히질 않는다.

"진짜 할 거야? 아니지? 사질아 그냥 여기서 나랑 있자! 응?"

청화는 금방이라도 눈물을 뚝뚝 흘릴 것 같은 얼굴로 대답을 재촉했다.

"어른들은 뭐래?"

이현은 대답 대신 질문을 던졌다.

뜬금없이 무림맹주 부맹주라는 자리를 제의받았지만, 그래도 아직 이현이 속한 곳은 무당파다.

무당파를 이끄는 어른들 특히 장문인과 장로들을 비롯한 청수진인과 혜광의 의중도 중요하다. 사실상 그들, 그중에서도 특히 혜광이 반대한다면 무림맹 부맹주라는 자리는 꿈도 꾸지 못할 일이다.

"사, 사형들은 모두 괜찮다는 분위기였어. 장문인께서도 좋아하셨고…… 대사형도 좋다고 하셨어. 사숙은…… 뭐 될 대로 되라고 하시던데?"

"그, 그래?"

청화의 대답에 이현의 표정은 더욱 복잡해졌다.

'이게 대체 무슨 속셈이지?'

다른 사람은 몰라도 혜광이라면 반대해야 함이 옳다. 그렇게 그를 못살게 굴지 못해 안달 난 인간이 오히려 무관심한 듯한 태도를 보이니 찝찝하다.

뭔가 알지 못하는 함정이라도 있는 것만 같다.

"그, 그래도 안 할 거지? 응? 그렇지? 너 무림맹 부맹주 하면 무림맹으로 가야 한단 말이야! 그, 그럼 나랑 못 놀잖아. 응?"

"네가 반대하는 이유가 겨우 그딴 거였냐?"

"그딴 거라니! 그게 얼마나 중요한 일인데! 사질은 나랑 놀기 싫어?"

지금 보니 청화가 울먹거리는 이유가 순전히 이현이 무림맹 부맹주가 되어 무당파를 떠나면 같이 놀아줄 사람이 없어서란다.

그 시답지 않은 이유에 피식대는 이현의 모습에 청화가 발끈했다.

하지만.

"잠깐만!"

이현이 청화의 말을 가로막고 곰곰이 기억을 되짚었다.

"너 조금 전에 뭐라고 했냐?"

"응? 나랑 못 놀아 준다고?"

"아니, 그 전에."

"사질이 무림맹 부맹주가 되면 무림맹으로 떠나야 한다고?"

무림맹으로 떠나야 한다.

그 말은 즉.

무당파를 떠나야 한다는 말이다. 이 지긋지긋한 온갖 악연과 나쁜 기억들만 가득한 이 무당파를!

'흠…… 이대로 가면 조만간 무공도 전성기 시절 신마 때 정도는 될 것 같은데…… 그래서 그 빌어먹을 영감탱이가 막질 않는 건가?'

신강에서의 일은 확실히 기연이다.

아직도 내공은 빠른 속도로 성장을 거듭하고 있다. 정확하지는 않지만 이대로만 간다면 조만간 전성기 야율한 시절의 무위를 되찾을 수 있을지도 모른다.

무림맹 부맹주가 되어 무당파를 떠나는 것을 혜광이 막지 않는 것도 그 때문이라면 이해가 간다.

'오호라! 그 영감탱이도 전성기 시절의 내 무위는 부담스럽다 이건가?'

괜히 뿌듯해진다.

'그런데 이제 어떻게 하지?'

동시에 고민했다.

언제가 될진 모르지만 그리 머지않은 시일에 전성기 시절의 힘을 되찾을 수 있다. 그럼 혜광에게도 한 방 제대로 먹일 수 있을지도 모른다. 반대로 부맹주의 자리를 허락하면 곧 무당파를 떠날 수 있다. 굳이 혜광의 눈치를 볼 필요 없다는 것만 해도 큰 매력이다.

"흠……!"

이현은 턱을 긁적이며 고민했다.

어느 쪽이든 나쁘지 않다.

"안 할 거지? 부맹주! 응? 안 한다고 말해! 안 할 거지 사질아?"

고민하는 이현의 모습에 청화는 더욱 조바심을 내며 대답을 독촉했다.

그리고.

씨익!

고민 끝에 이현이 미소를 지었다.

"무슨 소리야? 당연히 해야지! 부맹주!"

일단은 좋은 게 좋은 거다.

부맹주 자리를 맡으면 무림맹으로 떠나기 전에 전성기 시절의 힘을 다 회복하지 못해도, 무당파를 떠날 수 있다.

반면, 무림맹으로 떠나기 전에 전성기 시절의 무위를 되찾으면 그것대로 좋다.

혜광에게 한 방 먹일 수 있게 된다면.

'그땐 맹주 놈 모가지 따고 내가 맹주하지 뭐.'

생각해 보면 너무나 간단한 문제였다.

그렇게.

이현은 무림맹 부맹주라는 자리를 수락했다.

*   *   *

이현이 무림맹 부맹주 자리를 수락했다는 소문은 삽시간에
번졌다.

물론, 그 소문의 근원지는 청화였다.

이현이 무당파를 떠난다는 이야기에 청화는 눈물 콧물 쏟
으며 지나가는 사람을 붙잡고 하소연을 해 댔다.

모르는 사람이 보면 이현이 꼭 죽으러 가는 것 같은 착각
이 들 정도다.

"허허허. 수락하기로 했다고 합니다."

그리고 그 소식을 누구보다 먼저 접한 이는 태극검제 청수
진인이었다.

혜광에게 그 소실을 전하는 청수진인은 언덕에 주저앉았
다.

멍하니 저물어 가는 태양을 바라보는 청수진인의 얼굴에는 허허로운 웃음이 맺혀 있었다.

혜광은 그런 청수진인을 힐끔 바라보았다.

"왜? 섭하더냐?"

함께 지낸 세월이 몇 년인가.

평소와 같은 허허로운 웃음이었지만, 그 웃음에 담긴 감정마저 평소와 같을 수 없음을 혜광이 모를 리 없다.

"모르겠습니다. 그래도 며칠은 고민해 줄 것이라 생각은 했었지요."

"헌데, 놈은 날름 그 부맹주 자리를 받아 처먹었고?"

"허허허허!"

그저 웃었다. 그런 청수진인의 어깨는 힘없이 처져 있었다. 아니, 작아져 있었다.

청수진인은 그렇게 한참을 홀로 웃음을 흘리고 나서야 다시 입을 열었다.

"섭섭하면 또 어쩌겠습니까. 떠나겠다면 떠나보내야겠지요. 이 무당이 품기에는 그 아이가 너무나 훌쩍 자라 버린 것을요. 이제 저보다 훨씬 앞서 걸어가는 아이이지 않습니까."

장문인과 장로들은 그저 이현이 무림맹의 부맹주가 됨으로써 무당파가 가질 힘을 생각하며 반기고 있었다.

하지만 청수진인도 그럴 수는 없었다.

비록 오랫동안 내버려 두었던 아이었지만. 그저 피로 물들일지도 모를 살귀를 거두어 계도시키기 위해 들인 아이었지만.

그럼에도 제자인 것을.

천하십대고수. 태극검제.

수도하고 도를 좇는 그도 결국 사람이었다.

"지금 와서 생각해 보면 살인귀는 어쩌면 제가 아니었나 싶습니다."

어린 이현의 마음속에서 살귀를 보았다. 그 살귀가 세상에 활개 치는 것을 막기 위해 제자로 삼아 무당파에 가두었다.

대성하기 어려운, 그럼에도 대성하기 전에는 결코 제대로 된 무위를 발휘할 수 없는 태극무해심공을 익혀 굴레를 씌운 것도 그 때문이었다.

하지만 이제 이현을 떠나 보내야 할 때가 된 지금은 생각이 바뀌었다.

"어쩌면 그 아이에게서 본 건 그 아이의 살심만이 아니었는지 모릅니다. 그 아이의 살심에 제 살심을 합해 본 것이지요. 그래서 그 살심을 유화시키고 승화시키는 법을 가르치지 못하고 억누르고 감추는 법만 가르친 것이 아닌가 싶습니다."

청수진인은 기억한다.

제자로 받아들인 이후 이현이 그의 눈을 피해 몰래 쥐를 잡아 서로를 잡아먹는 지옥도를 만들고 즐거워하던 모습을.

그간 그의 앞에서 숨겨 왔던 살심이 폭발되어 터져 나오던 그 순간 광기를.

처음부터 잘못되었다.

그저 차오르는 살심을 어찌하지 못하고 방황하는 아이에게 억누르라고만 강요했으니까.

아니, 이현의 내면에 내재된 살심에서 청수진인이 알지 못하는 그 자신의 살심을 보았기에 그랬는지도 모른다.

그 또한 대제자라는 이유로 희생해 왔고, 온갖 고통을 감내해 왔으니까. 그 결과 인위로 천하십대고수 중 하나인 태극검제가 되었으니까.

깊이가 아닌 성취를 위해 무공을 익힌 영원히 불완전한 존재로 자라 왔으니까.

아픔과 슬픔. 울분과 괴로움을 감춘 채로 말이다.

"마성에 빠져 있었나 봅니다. 그 아이는 그저 제 마성을 비춘 거울이었을 뿐이었는지도 모르겠습니다."

청수진인은 자조했다.

이해하고 보살피기보단 그저 억누르고 강제하기만을 요구했었으니까.

"몹쓸 짓을 했었습니다. 그 아이에게."

청수진인은 지난날 자신이 행했던 이현에 대한 가르침을 후회했다.

"……."

혜광은 그런 청수진인의 모습을 가만히 바라보았다.

후회와 미안함이 가득한 그의 모습은 지쳐 있었다. 헤지고 닳고 달아 금방이라도 찢어져 버릴 것만 같은 마의(麻衣)를 닮아 있었다.

혜광은 한참을 그렇게 청수진인을 응시하다 입을 열었다.

"……지랄도 풍년이로구나! 뭣이? 마성? 몹쓸 짓? 가만! 이거 생각해 보니 네놈이 나를 돌려 까고 있는 것이로구나! 이리 오너라! 그놈의 마성 내 이 주먹으로 산산이 깨 줄 테니!"

혜광이 주먹을 들어 보였다.

따지고 보면 지금의 불완전한 청수진인을 만든 장본인이 혜광이다. 그가 원하지 않았음에도 천하십대고수로 만들었고, 그의 의지와 상관없이 그를 영원히 불완전한 존재로 만들었었다.

"허허허! 감사합니다. 사숙을 원망하지는 않습니다. 그랬기에 제가 이곳에 있고, 그 아이가 저보다 훌쩍 커 이 무당을 떠나려 하지 않습니까."

혜광의 살벌한 기세에도 청수진인은 웃었다.

고맙다는 청수진인의 그 말에 혜광의 꽉 쥔 주먹도 멈칫했다.

설마 그도 지금 이 상황에서 청수진인에게 감사하다는 말을 들을 것이라고는 생각지도 못한 것이다.

혜광은 쥐었던 주먹을 풀었다.

대신 이제 꼬리만 남긴 태양의 저물어 가는 모습을 가만히 바라보았다.

"……육시랄! 노을이 더럽게도 붉구나!"

늦가을의 노을은 붉다.

하루를 기준으로 보면 고작 짧은 일부에 불과하지만, 그 순간만큼은 그 붉은빛은 천지를 물들인다. 호수도, 나무도, 구름도, 하늘도, 땅도 붉다.

"헛흠!"

괜스레 노을을 탓하던 혜광이 헛기침했다. 그리고 제법 진중한 목소리로 입을 열었다.

"눈보라가 몰아치기 전에는 눈보라를 피할 곳을 마련해야 한다. 바위틈이 되었든, 오두막이 되었든 무사히 눈보라가 지나치기를 숨죽이고 기다려야만 한다."

느닷없는 이야기다.

눈보라를 피하는 법을 이야기하기에는 늦가을은 너무나 이르다.

"허나, 피할 곳을 찾지 못했다면 걸어가야 한다. 쏟아지는 눈을 맞으며, 뼛골을 시리는 추위를 견디며 멈추지 말고 나아가야만 한다. 눈보라의 중심을 향해, 눈보라의 끝을 향해 끊

임없이 걸어나가야 한다."

혜광이 말하는 것은 눈보라에서 살아남는 생존법이 아니었다.

"그래서 내가 그 발정 난 똥개 같은 놈을 무림맹으로 보내려는 것이다. 우리는 이곳에서, 그놈은 무림맹에서 눈보라의 끝을 향해 걸어가야지."

이현이 무림맹으로 떠나는 것을 허락한 이유를 말하고 있는 것이다.

"어쩌겠느냐! 그놈이 피할 곳도 찾기 전에 눈보라를 불러온 것을!"

이현이 천마를 죽이는 순간부터.

폭풍은 몰려들기 시작했다. 그리고 그 폭풍은 무림맹이 마교를 토벌하는 순간, 이현이 사도련을 견제하며 정사의 균형을 무너트리는 순간부터 더욱더 빠르게 다가오고 있었다.

그 눈 폭풍 속에서 살아남기 위해 이현을 무림맹으로 보내는 것이다.

"이제 나도 모르겠구나. 누가 앞장서 바람막이가 될지는……! 육시랄! 말년에 이게 무슨 고생인지!"

모처럼 진지하던 혜광이 결국 또 투덜거림으로 말을 끝맺었다.

그리고.

"웃차!"

엉덩이를 떼고 일어섰다.

"어디를 가시려 하십니까?"

갑작스레 일어나는 혜광의 행동에 청수진인이 물었다.

혜광은 웃었다.

"끌끌끌! 발정 난 똥개 패러 간다! 에잉! 내가 죄를 지었으면 얼마나 지었다고 말년에 그런 놈을 만나서 이 고생이란 말이더냐! 억울해서 그냥은 못 있겠다!"

그리고는 청수진인이 무어라 하기도 전에 휙 하고 몸을 돌려 걸어 나간다.

그저 휘적휘적 걸어 나가는 것뿐인데도 청수진인의 신형은 벌써 저 멀리 멀어져 사라져 버렸다.

그리고 잠시 뒤.

"아아악! 대체 왜요! 이번엔 순번표도 없이 이런 식으로 할 겁니까? 규칙을 정했으면 좀 일관적으로 하시라고요! 자꾸 이러시면 저도 가만히 안 있습니다! 아아악! 욕구불만입니까? 왜 자꾸 툭 하면 찾아와서 주먹부터 쥐시느냐는 말입니다!"

저 멀리서 불만에 가득 찬 이현의 외침이 바람결에 실려 들어왔다.

"허허허."

이제는 익숙해질 대로 익숙해진 상황에 청수진인은 그저 웃었다.

"그래. 이제 쉴 때도 되었구나."

이제 이 익숙한 상황조차 옛일이 될 것이다.

그렇게 청수진인은 새로운 준비를 시작하고 있었다.

*　　　　*　　　　*

짧았던 가을이 스쳐 지나가고, 이내 겨울이 찾아왔다.

시간은 잘도 흘러갔다. 이현이 무당파를 떠날 날도 점점 더 가까워져 오고 있다.

이현이 무림맹에 합류하기로 한 날은 춘절.

춘절 날까지 무당파에서 무림맹에 도착하기 위해서는 그보다 보름은 일찍 출발을 시작해야 할 터이다.

"혼자 조용히 수련 좀 하겠습니다!"

이현이 수련을 선언한 것은 그가 출발할 날을 딱 보름을 앞둔 초겨울이었다.

"장차 무당파를 대표하여 무림맹의 부맹주로서 지내야 할 터인데, 그전에 세상에 부끄럽지 않을 만한 성취를 갖추어야 하지 않겠습니까!"

구구절절 입바른 소리로 그 이유를 들었지만, 사실 진짜 이유는 별다를 것이 없었다.

떠나는 날이 가까워져 올수록 매일 같이 찾아와 울고불고 떼를 써 대는 청화를 피하기 위해서다.

더불어.

'이대로 그냥 가기에는 아쉽지!'

신강에서 경험한 죽을 고비는 확실히 기연이라 할 만했다. 아직도 남은 혼원살신기가 태극무해심공의 기운을 자극해 빠른 속도로 내공을 불리는 중이었으니까.

어차피 깨달음은 필요 없다. 육신의 그릇도 혜광의 학대에 힘입어 크고 단단하게 준비되어 있다.

내공이 불어나고 있는 지금.

이현은 전성기 시절의 무위에 서서히 가까워져 오고 있었다.

어차피 떠난 마당이다.

하물며 시기적절이 전성기 시절의 무위도 되찾아 가고 있다. 조금만 더 노력한다면 무당을 떠나기 전에 전성기 시절의 무위를 전부 되찾을지도 몰랐다.

그 가정이 점점 현실이 됨에 따라 욕심이 생겼다.

'그 미친 노인네한테 한 방은 제대로 먹이고 가야지!'

전성기 혈천신마 때의 무위를 모두 되찾는다면 혜광에게도 제대로 한 방 먹일 수 있을 것이다.

그러니 수련을 시작했다.

아무리 지금껏 숨죽이며 지내 왔다지만, 그의 천성은 어디 가는 것이 아니다.

은혜는 몰라도 원한은 제대로 갚아 주는 것이야말로 혈천 신마의 행동 강령이었다.

의외로 혜광이 순순히 허락했다. 혜광이 허락한 마당에 이 현의 수련을 방해할 사람은 없었다. 이따금 청화가 찾아와 강짜를 부리겠지만, 종일 생떼를 쓰는 것보다야 그편이 났다.

그렇게 수련을 시작한 첫날.

수련에 적합한 장소를 찾아냈다.

나무가 빼곡히 자리한 숲 속 정중앙이었다. 사방천지 나무만 가득해 사람들의 발길이 닿지 않은 곳이었으니, 수련 중방해를 받을 확률도 낮을 것이다.

계절 나무와 사철나무가 적절히 섞여 있어 머리를 뒤덮은 가지들은 군데군데 하늘의 풍경을 고스란히 투과하고 있었다.

그곳에서 수련을 시작했다.

수련 나흘째.

수련은 평탄하게 진행되고 있었다. 애초에 몸을 쓰는 것도 아니고, 그저 몸 안의 태극무해심공의 흐름을 관조하고 북돋아 주는 것이 그가 하는 수련 전부였으니 어려울 것은 전혀 없었다.

다만 끼니 때마다 식사를 위해 수련 장소를 벗어나야 한다는 것이 귀찮았다.

벽곡단으로 끼니를 대신하기로 마음먹었다.

참회동에서는 그렇게 쳐다보기도 싫었던 벽곡단을 제 손으로 찾아 먹게 되리라고는 상상도 못 한 일이다.

하지만 상관없었다.

혜광에게 제대로 한 방 먹일 수만 있다면, 그까짓 벽곡단은 백날이라도 먹어 줄 수 있다.

수련 이렛날.

운기행공에 몰입하는 시간이 점점 더 늘어나고 있다. 잠깐 눈을 감았다가 다시 떠 보면 시간이 훌쩍 지나 있는 건 일상다반사가 되었다.

눈을 떴을 때.

이미 하늘엔 검게 밤이 내려앉아 있었다. 별빛이 반짝인다.

후두두둑.

일어서는 이현의 어깨에서 새하얀 눈이 떨어져 내렸다.

그제야 깨달았다.

운기행공을 하는 사이 첫눈이 내렸나 보다. 소복하게 내린 눈은 세상을 새하얀 백지로 만들어 놓고 있었다. 나뭇가지에 쌓인 백설은 별빛에 반짝이는 눈꽃이 되었다.

사박.

이현은 그 순백의 숲길을 걸었다.

춥진 않다.

이미 한서불침의 경지에 이른 것은 옛날의 일이니 당연한지도 몰랐다. 하지만 지금의 이 추위를 느끼지 못하는 것은 그와 다르다.

춥다. 하지만 춥지 않다.

모순이지만 사실이다. 추위를 추위 그대로 받아들일 뿐, 그 추위에 몸이 떨리거나 오한을 느끼지는 않았다.

내공이 자연스러워졌다. 태극무해심공의 기운이 자연스럽게 몸과 어울린다. 세상과 얽혀 소통하고 조화를 이룬다.

내공으로 외부와 단절하는 것이 아닌, 그저 존재함으로서 동화되어 무해해지는 것.

이것이야말로 진정한 한서불침의 경지다.

아주 옛날.

지금은 돌아갈 수 없는 그 시절.

한 자루 거도를 걸쳐 메고 세상을 향해 덤벼들었던 그 시절에도 경험했던 경지에 다시 한 번 도달했다.

전성기 시절 혈천신마에 점점 더 가까워지고 있었다.

수련 열흘.

확실히 혼원살신기와 태극무해심공은 다르다. 내공을 쌓는 내공심법이라는 용도는 같을지 몰라도, 그 지향점은 전혀 달랐다.

최근 들어 이현은 그것을 더욱 확실히 경험하고 있었다.

혼원살신기는 약탈자다. 주위의 모든 기운을 빼앗고 탐식한다. 그것이 혼원살신기의 자연스러움이고, 그렇기에 그저 존재하는 것만으로도 감히 누구도 쉬 범접하려 하지 못한다.

하지만 태극무해심공은 그와 반대다. 태극무해심공의 자연스러움은 그저 자연 그 자체다. 세상과 동화되고 세상과 같은 기운을 흘러낸다. 이따금 이현도 스스로 나무가 된 것인지, 바위가 된 것인지 헷갈리기 시작했다.

스륵.

운기를 끝낸 이현이 감았던 눈을 떴다. 담담하게 가라앉은 눈으로 세상을 받아들였다.

"이런 제기랄! 깜짝이야!"

그러나 그 진중함도 잠시다.

푸드드득!

놀란 외침에 머리 위를 둥지 삼아 앉아 있던 꿩 한 마리가 날아올랐다. 운기행공을 하는 사이 허락도 없이 머리를 둥지로 삼아 버린 것이 분명했다.

뿐만이 아니다.

꾸울?

가부좌를 튼 무릎에는 멧돼지 한 마리가 머리를 턱 얹어 놓고 잠자고 있었다. 갑작스레 놀란 소리를 지른 행동에 멧돼지가 고개를 들고 멀뚱히 시선을 마주한다.

그 순진무구한 악의 없는 눈을 한 멧돼지와의 눈 맞춤에.

"염병! 웬 먹을 게 제 발로 찾아왔어?"

이현은 오랜만에 벽곡단이 아닌 멧돼지 고기로 끼니를 해결했다.

수련 열흘하고도 나흘째.

밤이 되어서야 감았던 눈을 떴다. 꼬박 사흘 간의 운기행공이었다.

운기행공을 마친 전신에 은은한 서광이 머물다 두 눈으로 깊게 빨려 들어간다.

굳이 눈으로 확인하지 않아도 알 수 있었다.

눈은 더 깊어져 그 끝을 가늠할 수 없게 되었으리라.

씨익!

입가가 말려 올라갔다. 절로 웃음이 나온다.

검고, 깊고 끝을 가늠할 수 없어진 두 눈에 자신감이 차올랐다. 단전에서부터 시작된 기운이 사지백해로 뻗었다. 그 충만한 느낌이 척추를 타고 올라 짜릿한 전율에 몸이 떨렸다.

서벅!

일어섰다. 풀어 놓은 검을 허리에 차고, 도를 등 뒤로 비껴멨다. 그리고 아직 녹지 않은 눈길을 걸어갔다.

걸음이 멈춘 곳은 무당의 가장 높은 곳에 위치한 태화궁 인근.

혜광의 거처다.

"끌끌끌. 네가 이 밤중에 어인 일이냐?"

어떻게 방문을 알았는지 혜광이 사립문 앞에 마중 나와 있었다.

그런 혜광의 모습에 입가에 걸린 웃음이 더욱 짙어졌다.

그리고 말했다.

"어이! 한판 뜹시다?"

동시에.

스확!

대답도 듣지 않고 도를 휘둘렀다.

거도가 세상을 가로질렀다. 그 궤적인 남긴 상흔이 대기에 아로새겨졌다. 바람은 죽었고, 달은 빛을 잃었다.

혼원살신공의 이 초식.

멸세(滅世)!

그것이 다시 이 세상에 재림했다.

전성기 시절의 무위를 되찾았다.

*   *   *

세상이 반으로 갈라졌다. 혜광 또한 그 중심에 있었다.

그 갈라진 세상 속에서.

불쑥 손이 튀어나왔다. 세상을 뒤덮을 만큼 큰 손이다. 아니, 손이 큰 것이 아니다. 너무나 가까워 시야를 가렸을 뿐이다.

그 사실을 깨닫는 순간 이현은 본능적으로 한걸음 물러섰다.

그러면서 보았다.

코앞까지 닿았던 손이 갈라진 세상을 움켜쥔다.

그리고 찢어 버렸다.

"뭐, 이런……!"

놀랄 틈도 없이. 뒤이어 시야를 가득 메운 것은 혜광의 웃고 있는 얼굴이다.

그리고.

퍽!

갈라진 세상을 찢고 들어온 혜광의 주먹이 이현의 복부에 틀어박혔다.

이현은 그대로 반대편으로 날아가 바닥에 처박혔다.

"끌끌끌! 제법 재미난 재주를 부리는구나!"

즐거워하는 혜광의 웃음에.

뚝!

머릿속에서 무언가 끊어져 나가는 소리가 들려오는 듯했다.

'뭐? 재미? 젠장! 너는 이게 재밌냐?'

울컥 분노가 치밀었다. 머리끝까지 치밀어 오르는 분노는 갈 길을 못 찾고 방황했다.

이현의 눈이 돌아갔다.

"흐아아앗! 내가 이번에는 그냥 안 물러선다!"

다시 일어섰다.

복부가 송두리째 끊어 나갈 듯한 고통이 몰려왔지만 이를 악물었다.

그에게 제대로 한 방 먹여줄 각오로 시작한 수련이다. 그리고 수련은 성공적이었다. 전성기 시절의 무위를 되찾았다.

이것이라면.

혜광도 능히 상대할 수 있으리라 믿었다.

헌데, 웬걸.

믿음은 눈앞에서 산산이 부서져 나갔고, 멸세는 허무하게 찢어져 버렸다.

늑대처럼 기회를 노리며 숨죽이며 살아왔지만, 이번 만큼은 허무하게 나가떨어져 패배를 시인할 수 없었다.

'나는 혈천신마다!'

무림을 발아래 무릎 꿇리고 스스로 천하제일인의 자리에 올랐었다.

혼원살신공의 후 이 초식 멸세는 그런 그가 존재하게 한 무공의 완성이다.

이 무공을 가지고도 무력하게 패한다는 것은 용납할 수 없다.

숨죽이며 기회를 엿보던 늑대가 이빨을 드러냈다면, 숨이 끊어져 죽을 때까지 상대의 목줄을 물어뜯어야만 했다.

지금껏 비굴하리만큼 혜광의 앞에서 굽실거렸던 이현의 모습은 지금 이 자리에는 존재하지 않았다.

다시 달려들었다.

"끌끌끌! 기운도 좋구나!"

"젠장! 사숙조가 그런 말 하실 처지는 아닌 것 같습니다만!"

이현은 곧장 혜광의 가슴으로 검을 곧게 찔러 넣었다. 군더더기 하나 없는 깔끔한 동작.

팡!

혜광이 팔을 휘둘러 검 끝을 쳐 내자 허공이 출렁거렸다.

그리고 이현이 뒷걸음질 쳤다.

혜광의 동작에 담긴 여력을 미처 다 해소하지 못한 탓이다. 그럼에도 먼저 달려든 쪽은 이현이었다.

"이번에는 절대 그냥은 안 집니다!"

이미 악에 받칠 대로 받쳤다.

양손으로 태극혜검을 펼쳐 낸다. 쌍 태극혜검이다. 한 손에는 검으로, 한 손에는 도로 펼치는 태극혜검이었지만 차이는 없다. 그간 산적 토벌부터 시작해 마적 토벌, 수적 토벌까지.

검이든 도든 원 없이 휘둘렀다.

익숙해질 대로 익숙해졌고, 초식도 그에 맞게 적응을 마쳤다.

모르는 사람이 보면 태극혜검은 원래 이렇게 펼치는 것이라 착각할 정도로 자연스러운 모습이다.

"끌끌끌! 그래 죽고 싶다면 그리해 줘야지!"

"누가 죽고 싶답니까!"

혜광이 손바닥을 펼치며 이현을 향해 휘둘렀다. 이현은 거도로 태극혜검의 초식을 풀어내며 혜광에 맞섰다. 이현의 도에는 강기가 선명하게 어려 있었다.

깡!

아무런 기운도 덧씌우지 않은 피륙으로 이루어진 혜광의

손과, 쇠붙이에 강기까지 덧씌운 이현의 도가 부딪쳤는데도 쇠와 쇠가 맞부딪친 소리가 난다.

심지어.

"크윽!"

신음을 흘린 것은 이번에도 이현이었다.

'무슨 놈의 영감탱이가 비껴 냈는데도 이 지경이야!'

그간 싸우면서 터득한 경험을 토대로 절대 정면에서 부딪치지 않았다. 부딪치는 순간 칼끝을 기울여 비스듬히 흘려 냈다. 애초에 태극혜검 자체가 그러한 묘리를 담고 있는 검공이다. 당연히 그 효과는 의심할 여지가 없다.

그런데도 밀린 건 이현이다.

벌써 내부가 진탕되어 헛구역질이 나올 지경이다.

"어디 이것도 받아 보려무나!"

그 사이 혜광이 다리를 이용해 무릎을 쓸어 온다. 바람 소리가 심상치가 않다.

"그거 맞으면 평생 불구로 살아야 합니다!"

당연히 정면에서 맞부딪치는 우를 범하지 않았다.

물러서며 간격을 벌려 혜광의 영역에서 벗어난다. 검을 휘두르는 건 그다음이다.

원을 그리던 검이 정점에서 푹 꺼지듯 아래로 내리꽂히며 혜광의 무릎을 노렸다.

잔상조차 남지 않을 빠른 일 검이다.

하지만.

'쓰벌!'

정작 그 빠른 검으로도 베어 낸 것은 아무것도 없다.

심지어 혜광은 그대로 허공에 떠올라 빙글 몸을 돌리며 뒤꿈치로 이현의 광대를 후려쳤다.

팡!

머리가 어지럽다. 세상이 핑글 돌아가는 것만 같다.

급히 도를 들어 막았음에도 힘에서 밀렸다. 벌써 눈두덩이 부어오르기 시작했다.

"크크크큭!"

그럼에도 웃었다.

"큭큭큭! 이놈! 제법 재미난 수를 쓰는구나!"

"십단금이 써먹을 데가 많습니다!"

혜광의 뒤꿈치와 부딪치던 순간 이현도 한 가지 수를 썼다.

도를 들어 막는 순간 십단금을 펼친 것이다.

혜광쯤 되는 인간 같지 않은 고수에게는 단숨에 내부를 파괴할 수야 없겠지만, 그래도 효과는 있었다.

연거푸 쏟아져야 할 혜광의 공격이 잠시 멈춘 것이 그 증거다.

"흐압!"

한 방이 먹혔기 때문일까.

이현은 더욱 저돌적으로 혜광에게 달려들었다.

"어디서 이런 패도적인 무공은 주워 익혔을꼬!"

태극혜검으로 혜광의 공격을 빗겨 내고 막아 내는 동시에 군데군데 야율한 시절 쓰던 도법을 녹여 내며 공격했다.

부드럽고 유려한 방어. 패도적이고 날카로운 공격.

"제법이구나!"

혜광이 감탄할 만큼 절묘한 공수 균형이었다.

"그럼 좀 맞아 주시든가!"

몸을 숙이며 얼굴을 향해 날아오는 주먹을 피한 이현은 그대로 혜광의 몸을 축으로 삼아 돌았다. 그 사이에도 연거푸 검격을 날렸지만 모두 혜광의 옷자락도 스치지 못하고 허무하게 허공을 갈랐다.

하지만.

'됐다!'

거리가 만들어졌다.

미리 알고 피할 수도 없을 만큼 가깝고, 공격을 펼치기도 전에 저지당하지 않을 만큼의 먼 거리.

탓!

발바닥에 닿는 대지의 감각이 짜릿하게 허리를 타고 올라왔다.

쿵!

거기에 더해 강하게 진각을 밟았다.

발목이 대지 깊숙이 파고든다. 그 충격이 그대로 무릎을 타고, 그리고 다시 허리를 타고 올라 합류했다.

스확!

검을 휘둘렀다.

은빛 궤적이 그대로 세상을 반으로 갈라 버렸다.

멸세.

혼원살신공 제 이초가 또다시 펼쳐졌다.

'이번엔 제대로 들어갔다!'

펼쳐진 검로 끝에 혜광이 놓였다. 혜광이 반으로 갈라지는 모습이 두 눈으로 선명히 들어왔다.

처음의 공격은 무위로 돌아갔지만, 이번만큼은 반드시 성공한다.

'이겼다!'

손끝에 걸린 감각은 진짜다.

그때.

갑자가 커다란 손 하나가 시야를 가득 채웠다.

추화악!

그리고 거칠게 갈라진 세상을 찢고 지나가 버린다. 그 뒤에 나온 것은 웃고 있는 혜광의 얼굴과 뒤늦게 날아온 그의 주먹이었다.

퍼억!

혜광의 주먹이 또다시 복부에 틀어박혔다.

처음과 같은 결과다.

텁!

하지만 다르다.

이현은 날아가지 않았다. 두 다리로 굳건히 서서 혜광의 주먹이 전해 오는 충격을 고스란히 받아 냈다. 그리고 그의 손을 잡았다.

뒤이어 혜광의 얼굴을 향해 주먹을 날렸다.

퍽!

얼굴에 틀어박힌 주먹에 혜광의 얼굴이 돌아갔다.

그리고.

주륵!

혜광의 콧잔등에서 흘러내리는 그것은 분명 쌍코피였다.

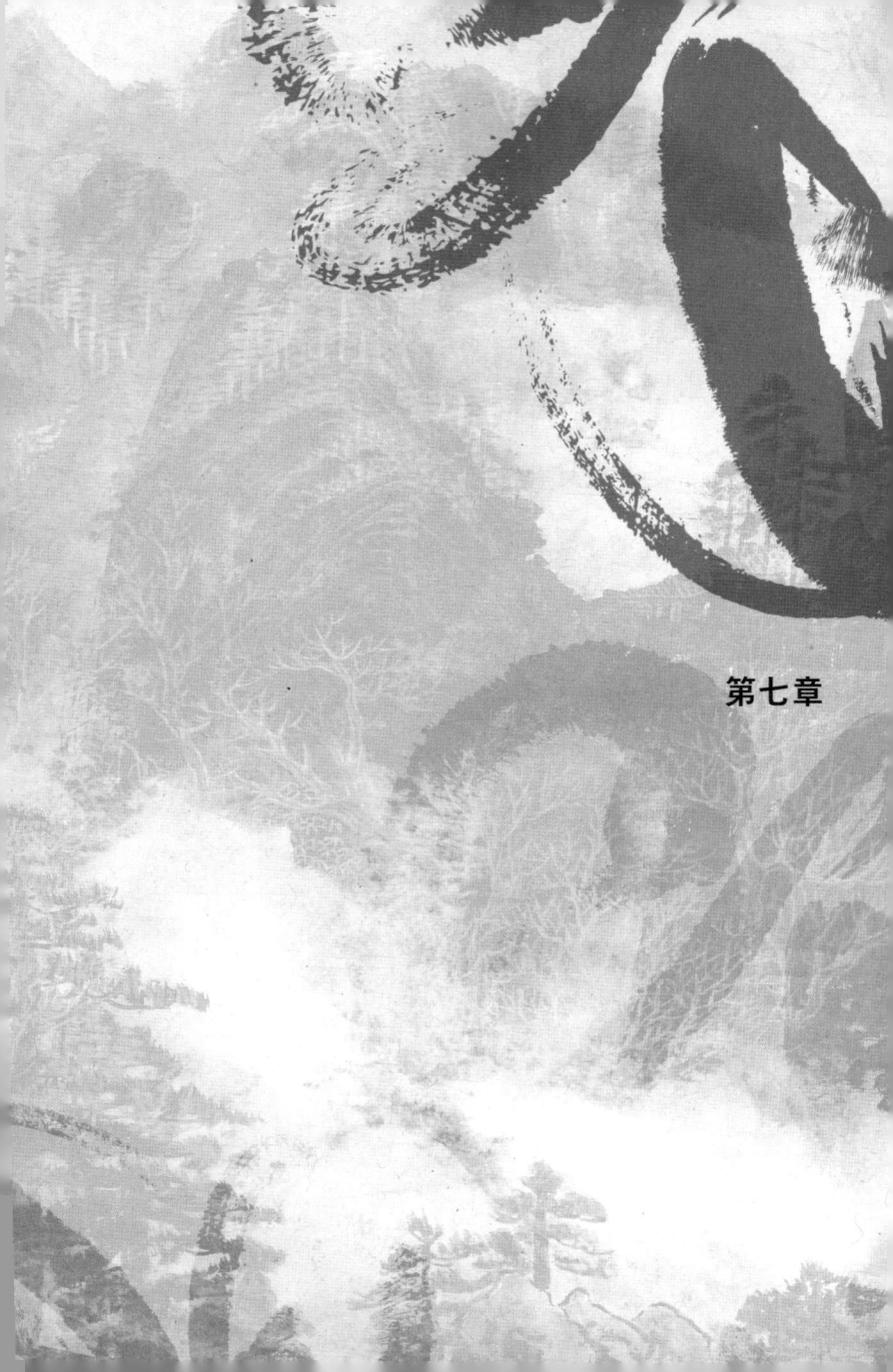

第七章

"킥! 크크크킥!"

웃음이 나왔다.

만족스럽기도 하고 허탈하기도 했다.

목적은 성공했다. 혜광에게 제대로 한 방 먹였으니까. 덕분에 눈 돌아간 혜광의 주먹질에 온몸은 넝마가 되어 있었다.

그나마 혜광이 뒤늦게 정신을 차리고 그를 버리고 자리를 뜨지 않았더라면 오늘이 정말 제삿날이 되었을지도 몰랐다.

"끙!"

억지로 몸을 일으켰다.

입술은 터지고 눈두덩이는 시퍼렇게 멍이 들어 부어올라 제대로 눈도 뜨기 힘들었지만, 그래도 못 움직일 정도는 아니다.

그나마 태극무해신공이라 다행이다. 이렇게 누워 있는 동안 거동이나마 가능하게 만들었으니까. 혼원살신공이었다면 기대하기 어려운 효능이다.

터덜터덜 걸음을 옮겼다.

와중에도 머릿속은 착잡하게 가라앉았다.

'전성기 혈천신마로도 안 된다는 건가?'

설마 혼원살신공의 무공이 이처럼 허무하게 깨질 것이라고는 상상하지도 못했었다.

혈천신마 때 경험한 단 한 번의 패배를 안긴 장본인이 혜광이었지만, 그때는 이제 겨우 신강에서 기지개를 켜기 시작하던 애송이에 불과했을 때다.

천하를 발아래에 둔 전성기와 비교하자면 한참 모자란 실력이었다.

그러니 생각했다.

전성기 시절의 무위라면 싸울 만할 것이라고. 최소한 이기진 못하더라도 용호상박의 싸움은 펼칠 수 있을 것이라 예상했다.

그리고 그 예상이 철저한 착각이었음을 방금 깨달았다.

"쓰벌!"

당하고는 못 산다.

원한은 반드시 갚는다. 그것이 그의 철칙이었지만, 이번에는 상대가 해도 너무했다.

"무슨 인간이 그따위야! 강해도 정도껏 강해야 할 것 아니야!"

괜히 억울하다. 어쩌자고 인간이 저렇게까지 강해질 수 있을까 싶다. 한편으로는 앞으로 더 강해질 길이 있음을 깨달아 기쁜 마음도 없진 않았지만, 그보다 이 감조차 잡히지 않는 막막함이 더 컸다.

그렇게 투덜거리며 걸음을 옮기고 있을 때.

"늦었구나."

익숙한 목소리가 이현을 반겼다.

무의식적으로 옮긴 걸음은 습관처럼 그가 머무는 청수진인의 거처로 인도하고 있었던 모양이다.

"이런! 어쩌다 이리되었느냐?"

넝마가 된 이현의 모습에 청수진인이 눈을 크게 뜨며 물었다.

이현은 쓰게 웃었다.

"뭐, 뻔하죠. 누가 절 이렇게 만들겠습니까."

천마 모가지마저 단숨에 따내던 이현이다. 그런 이현을 이처럼 묵사발로 만들어 낼 수 있는 인간은 적어도 이 무당파 내에서는 혜광이 유일했다.

"피곤합니다. 먼저 들어가겠습니다."

이현은 청수진인의 걱정 어린 시선에도 아랑곳하지 않고 스쳐 지나갔다.

일단은 좀 쉬고 싶었다.

지쳤다.

몸도. 마음도.

그러나 그를 멈춰 세우는 청수진인의 말이 있었다.

"술이라도…… 한잔하지 않겠느냐?"

쪼르르.

술잔에 맑은 술이 채워진다.

무당파에서 이렇게 대 놓고 술을 마시라고 누가 감히 상상이나 했을까.

괜히 입에 침이 고였다.

더욱이 오늘 이현은 마음이 복잡하지 않은가.

술이 주는 유혹은 강렬했다. 이런 날은 일단 술 한잔 거나하게 걸치고 잠이 드는 것이 최고다.

"……"

말없이 술잔만 비우고 채우기를 반복한다. 두 사람 사이에서는 일절 아무런 말도 오가지 않았다.

이현은 말할 기분이 아니었고, 청수진인은 그런 이현에게 부러 말을 시키지 않았다.

그렇게 한참을 말없이 술잔만 비우자 슬슬 취기가 오르기 시작했다.

귀한 술 마시고 내공으로 취기를 억누르는 바보 같은 짓은 하지 않았다. 술 좋아하는 이현은 물론, 청수진인 또한 마찬가지다.

이현의 얼굴은 붉어졌고, 청수진인의 얼굴은 새하얘졌다.

두 사람 사이에 대화가 오가기 시작한 것은 그렇게 취기가 돌기 시작할 때쯤이었다.

"……이틀 남았구나."

먼저 입을 연 이는 청수진인이었다.

"무림맹으로 출발하는 날 말입니까? 아! 그러고 보니 벌써 그렇게 되었죠."

이현은 순순히 대답하며 고개를 끄덕였다.

혜광과의 싸움 때문이었는지, 아니면 술기운 때문이었는지는 모른다.

지금의 이 대화가 그리 나쁘지만은 않았다.

그런 이현의 대답에 청수진인은 가만히 그를 응시했다.

"뭡니까? 그 눈빛은?"

그 눈빛이 이상하게 신경에 거슬렸다.

시비를 거는 눈빛은 아니다. 그저 담담한 눈빛이다. 그런데 그래서 더 신경 쓰인다.

이현의 물음에 청수진인이 물었다.

"좋더냐?"

"뭘요?"

"무당을 떠나는 것이 좋더냐는 말이다."

"좋죠. 왜 안 좋겠습니까? 이 지긋지긋한 무당파를 떠나는 일인데요."

이현은 망설임 없이 대답했다.

천하에 무서울 것 없던 야율한이 이현이 되어 버렸다. 그 후 이 무당파에서 무엇하나 이현의 마음대로 된 적이 없다.

기껏 심어 놓은 혼원살신기는 단약 한번 잘못 핥았다가 홀라당 날아가 버렸고, 허구한 날 구타에 제약만 뒤따른 곳이었다.

이 무당파를 떠날 수 있다는 사실 하나만으로 좋을 수밖에 없다.

"이 무당이 그리도 지긋지긋하였나 보구나."

"두 번 말해 무얼 하겠습니까! 특히나 그……."

순간 이현은 말을 멈추었다.

무당을 떠나는 일이 이렇게까지 좋은 가장 강력한 이유.

"그 영감…… 아니, 사숙조의 마수에서 벗어날 수 있지 않습니까. 그것만 해도 좋습니다."

"허허! 그렇구나."

청수진인은 그저 고개를 끄덕였다.

사문의 어른인 혜광을 욕하는 내용이나 다름없었지만, 이를 바로잡거나 정정하려 하지 않았다.

그저 담담히 들어 줄 뿐이다.

그런 청수진인의 모습에 울컥 잠시 잊었던 울분이 터져 나왔다.

"아니, 그 영감…… 그 사숙조는 사람이 뭐가 그렇게 강하답니까! 사람이 사람 가죽 쓰고 태어났으면 사람다워야 하는 것 아닙니까? 강해도 정도껏 강해야죠! 그게 어디 사람입니까!"

오늘 처참하게 깨진 기억이 새록새록 머릿속에 떠올랐다.

"이건…… 이건 대체 어떻게 제쳐야 하는지!"

흥분한 마음에 비속어가 나왔다.

확실한 힘의 차이를 다시 한 번 확인했다. 자신만만했기에 그 충격은 컸다.

절망감이 없는 건 아니었지만, 그렇다고 이대로 영영 머물러 있을 생각은 없었다.

혜광의 강함을 보았으니, 언제가 되었든 곧 따라잡을 것이다. 그리고 지금껏 당해 온 것들을 모두 되갚아 줄 것이다.

신강의 가장 나약한 고아 소년에서, 중원을 일통한 혈천신마가 되기까지의 원동력은 그런 마음이었다.

혼원살신공은 그 마음을 원동력 삼아 혈천신마의 이상을 실현해 주었을 뿐이다.

다만 억울하고 화가 나는 것은.

"어느 세월에…… 답이 안 보입니다! 답이! 하여간 밥 먹고 무공만 익혔나! 뭐 견적이 나와야 칼로 쑤시든 돌로 머리통을 터트리든 할 것 아닙니까! 견적이! 이건 뭐……."

술기운 탓인지 울분 탓인지 마음속에 있는 말이 걸러지지 않고 그대로 입 밖으로 튀어나와 버렸다.

심지어.

"하여간 이놈의 무당파랑 저랑은 안 맞습니다!"

평생 무당파를 살아온 청수진인의 앞에 대고 무당파를 욕하기까지 했다.

"허허허허!"

그럼에도 청수진인은 웃었다.

그리고.

"무얼 그리 조급해하느냐?"

그리고 묻는다.

"예?"

"무얼 그리 조급해하느냐. 너는 아직 젊고 건강하다. 언젠간 사숙을 추월하는 것은 여반장(如反掌)일 진데 왜 그리 조급해하며 심각하게 여기는 것이야. 마치 쫓기는 사람처럼 말이다. 어차피 여반장인 것을……."

청수진인의 담담한 이야기에 이현은 멀뚱히 그를 바라보았다.

그리고.

"그게 말입니까? 방귀입니까? 벌써 술 취하셨어요? 술 몇 잔 먹었다고 무슨 주정을 그런 식으로 하십니까? 여반장은 무슨 여반장입니까! 그렇게 손바닥 뒤집듯이 쉬운 일이었으면 제가 뭐하러 이리 두드려 맞고 있겠습니까!"

여반장.

손바닥 뒤집는 것처럼 매운 쉽다는 뜻이다.

이현이 혜광의 무위를 추월하는 것이 그처럼 쉬운 일이었다면, 진즉에 혜광의 무위를 추월해도 골백번은 더 추월하고도 남았을 일이다.

청수진인의 위로도 조언도 아닌 말에 괜히 속만 뒤집어졌다.

"아! 됐습니다. 나 참. 왜 뜬금없이 술이나 마시자고 해서는! 그냥 술이나 마십시다!"

이현은 신경질적으로 술잔을 털어 넣었다.

버릇없는 그런 이현의 언행에도 그를 바라보는 청수진인의 눈은 웃고 있었다.

"……그저 술 한잔을 하고 싶었다."

우뚝.

갑작스러운 청수진인의 말에 신경질적으로 술잔을 내려놓으려던 이현의 움직임이 멈췄다.

이현은 청수진인을 바라보았다. 청수진인은 그런 이현을 마주 보며 조용히 말했다.

"한 번쯤은! 한 번쯤은 제자와 함께 술을 마셔 보고 싶었다. 이제 네가 무림맹으로 가고 나면 언제 이렇게 마셔 보겠느냐."

낮고 담담한 목소리. 마주한 눈으로 느껴지는 깊고 따스한 온기.

'……썩을!'

낯설다.

너무 낯설어서 무어라 대꾸해야 할지조차 감이 잡히질 않는다. 아니, 어떤 표정을 지어야 할지, 어떤 행동을 해야 할지도 모르겠다.

무언가 바보가 된 기분이다.

불어오는 겨울의 밤바람조차 낯설고, 마시던 술맛조차 낯설어졌다.

그런 이현의 속내를 아는지 모르고.

"좋구나! 이리 함께 술 마시는 것도."

진심이 느껴졌다.

빌어먹게도.

"……."

술이 깨 버렸다.

*   *   *

"좋긴 개뿔!"

결국, 더는 술을 마실 수가 없었다. 청수진인에게서 느껴지
는 그 낯선 감정을 마주하기가 너무나 어렵고 버거웠다.

그 뒤로도 한참을 술을 들이켰지만 취하지도 않았다.

그래서 자기도 뻘쭘해서 나와 버렸다.

"하여간 무당은 나랑 안 맞아!"

이현은 단호하게 확언했다.

이젠 하다 하다 멀쩡히 잘 마시던 술도 확 깨게 하는 무당
파다. 그것도 모자라 이 오밤중에 뻘쭘하다는 이유로 달밤에
산책하게 생겼다.

"빌어먹을! 좋기는 뭐가 좋아! 하여간 술주정하려거든 제대
로 하든가!"

하나같이 마음에 안 든다.

"그러니까 천하십대고수라는 인간이 몸이 그따위지!"

전성기 시절의 무위를 되찾아서인지 이제는 확실히 보인다.

그전까지는 어렴풋이 짐작이었다면, 이제는 눈으로 확인하는 정도의 수준이다.

청수진인의 몸은 이제는 망가질 수 없을 만큼 망가졌다. 그리고 술을 먹는 동안에도 망가지고 있음이 눈에 보였다. 새하얗게 탈색된 얼굴에서 푸른빛은 임종에 가까운 자들에게서나 찾아볼 수 있다.

그나마 그 몸으로 지금까지 버티고 있었다는 것을 보면 그가 천하십대고수 중 한 사람이기에 가능한 일이라 짐작할 뿐이다.

여하튼 간에.

"여반장은 또 뭐야 여반장이!"

세상사 손바닥 뒤집는 것처럼 쉽게 굴러간다면 전쟁은 왜 있고 가뭄은 또 왜 있겠는가.

"응? 손바닥이! 응? 이렇게 뒤집는 게! 응? 그게……!"

신경질적으로 손바닥을 뒤집기를 반복하던 이현의 목소리가 멎었다.

'그러고 보니 참회동 때.'

이현의 몸으로 눈을 뜨고 얼마 되지도 않았을 때다. 그때 처음으로 청수진인에게 맞았다.

그것도 흠씬. 온몸의 뼈란 뼈는 다 으스러지도록.

그때 눈길을 사로잡는 동작이 있었다.

반원을 그리며 손바닥을 뒤집는 간단한 동작.

지금이야 몸이 축날 대로 축나서 불가능하겠지만, 그때 보여 준 청수진인의 한 수는 전성기 시절 혈천신마에 비견할 만하다고 판단했었던 적이 있었다.

여반장.

그리고 청수진인이 그때 보여 준 한 수.

"손바닥을 이렇게……."

머릿속이 간질거린다. 무언가 잡힐 듯이 잡히지 않는 구름 같은 것이 머릿속을 떠돌아다니는 것 같다.

그 실마리에 이현은 가던 걸음도 멈추고 진지하게 제 손을 바라보았다.

"손바닥을 뒤집고, 다시 뒤집고, 뒤집고……."

청수진인의 술주정을 탓하던 이현은 벌겋게 취기가 오른 얼굴로 멍하니 손을 뒤집었다가 되돌렸다가를 반복했다.

밤중에.

그 모습이 갓난아이가 도리도리 죔죔을 하는 것과 닮아 있었다.

"손바닥을 뒤집고, 돌리고, 뒤집고……! 뭐, 이런 개똥 같은! 설명하려면 제대로 하든가!"

그렇게 한참을 손장난 치던 이현이 좀처럼 잡히지 않는 실마리에 괴성을 내질렀다.

* * *

이현이 여반장에 빠져 손장난을 반복하고 있을 때.

혜광은 여전히 술잔을 기울이는 청수진인을 노려보고 있었
다.

"내가 그렇게 같이 술 먹자고 할 때는 죽는다고 거절하더
니! 이젠 아주 잘도 처먹는구나! 죽고 싶은 게냐? 아니면? 신
종 자살 방법인 게야?"

까랑까랑한 혜광의 목소리에 청수진인은 고개를 들어 그를
바라보았다.

"허허허! 술이 달더군요."

"지랄! 꼴값을 떨어 대는구나! 그 발정 난 똥개 놈이라도
왔다 간 게냐?"

신경질적으로 대구하면서도 혜광은 술상 위에 놓인 술잔이
두 개라는 것을 놓치지 않았다.

청수진인이 홀로 술을 마시지 않았다면, 그와 함께 술을 마
실 만한 사람은 이현을 제외하고는 떠올리기 어려웠다.

그런 혜광의 물음에 담담히 고개를 끄덕이던 청수진인의 얼
굴에 의아함이 떠오른 것은 그때였다.

혜광의 콧잔등이 빨갛게 달아올라 있었다.

"예. 안 그래도 조금 전에 나갔습니다. 헌데 사숙 코가……
무슨 일이라도 있으셨는지요?"

"일은 무슨 일! 네놈 제자 놈이 이렇게 만들었지! 남들이 천
하제일인이니 뭐니 떠받들어 주니까 이젠 아주 눈에 뵈는 것
도 없는 모양이더구나!"

혜광의 투덜거림에 청수진인의 눈이 잠시 커졌다가 작아졌
다.

이윽고.

"허! 허허허헛!"

너털웃음을 터트렸다.

혜광이 눈에 쌍심지를 켰음은 물론이다.

"웃어? 네놈은 내가 네 제자 놈에게 처맞았다는데 웃어! 오
냐! 그래 계속 쪼개 보거라! 내가 네놈 대가리를 확 쪼개 버릴
테니까!"

혜광은 당장이라도 달려들 기세다.

그러나 그러지 못했다.

적절한 순간에 이어진 청수진인의 말 때문이었다.

"그 녀석이 제게 그러더군요. 사람이 강한 것도 정도가 있
다고요. 한창 분한 마음을 감추지도 못하고 강해도 너무 강
해서 이건 어떻게 따라잡아야 할지 길도 보이지 않는다며 투

덜거리는 것이 아니겠습니까."

"나, 나 보고 말이더냐?"

가만히 보면 칭찬이다. 그 칭찬에 혜광도 잠시 분노를 멈추며 반문한다.

아무리 신경질적인 혜광도 자신을 칭찬하는 말이 싫지는 않았으리라.

끄덕.

청수진인은 대답 대신 고개를 끄덕였다.

그리고.

"이상하지요? 스승과 제자가 달라도 어찌 이리 다르단 말입니까. 스승인 저는 힘에 욕심이 없었건만, 그 아이는 온통 강해지는 데에만 정신이 팔려 있지 않습니까."

혜광의 눈이 가늘어졌다.

말로는 이상하다고 하건만, 청수진인은 분명 웃고 있었다. 진심으로.

"그래서? 좋으냐?"

"아무렴요. 좋지요. 좋고, 또 고맙습니다. 순수하게 하나에 열망한다는 것이 어찌나 좋고 고마운지 모르겠습니다."

비록 거칠고 투박하긴 하지만, 청수진인은 지금 이현의 모습이 좋았다.

강함을 향한 욕구를 숨기지 않는다. 그리고 그것을 위해 모든 정신을 쏟아 붇는다. 그 순수한 열정을 보고 있노라면 절로 심장이 따뜻해졌다.

그리고.

"허헛! 헌데도 조바심 부리는 그 아이의 모습을 볼 때마다 안쓰럽고 걱정됩니다. 너무 무리하고 있는 것은 아닌지……."

웃음이 쓴웃음으로 바뀌었다.

비 오는 날은 짚신 장수 아들을 걱정하고, 맑은 날에는 우산 장수 아들을 걱정하는 것과 같다.

강함을 향해 순수한 열망을 불태우는 이현의 모습이 기꺼웠지만, 동시에 자칫 그 열망이 집착이 되지 않을까 걱정된다.

집착된 열망은 심마가 되어 몸과 마음을 갉아먹을 뿐이었으니까.

"……뭣이냐?"

혜광이 눈을 샐쭉하게 떴다.

"왜 그걸 굳이 날 빤히 보면서 이야기하는 것이냐! 이젠 내가 우습냐? 내가 더는 무공은 전수하지 않는다고 했을 텐데? 응? 왜 자꾸 보는 것이야! 눈깔 안 돌려? 확 후벼 파 버린다!"

쓴웃음을 지은 후 빤히 바라보는 청수진인의 시선 탓이다.

그 시선이 혜광의 심기를 건드렸다.

"허허허! 이제 이 눈이야 어찌 되든 무슨 상관이겠습니까."

평소라면 재깍 고개를 돌릴 청수진인이 이번만큼은 고개를 돌리지 않는다.

그저 여전히 빤히 혜광을 바라본다.

그리고.

"한잔하시겠습니까?"

싱긋 웃으며 술을 권한다.

"육갑은! 이제 나도 무섭지 않다 이 뜻이렸다?"

"그럴 리야 있겠습니까? 그러지 말고 제가 한잔 따라드리겠습니다."

그럴 리야 있겠느냐고 답하고 있지만, 이미 그다지 혜광을 어려워하는 모습은 아니다.

혜광의 얼굴이 굳었다.

"하는 짓도 꼭 제 스승 놈을 처닮아 가지고!"

능청스럽게 술을 권하는 청수진인의 모습에서 오래전 그 스승의 모습이 겹쳐 보였다.

결국, 먼저 시선을 돌린 것은 혜광이었다.

"됐다! 곧 죽을 놈이랑 술은 무슨 술! 술맛 떨어진다!"

그리고 몸을 돌려 터벅터벅 걸어가다 우뚝 멈춰 서 청수진인을 바라봤다.

"이것으로 네놈에게 진 빚은 다 갚은 셈이다! 내 참 천하십대고수로 만들어 주고도 빚만 잔뜩 지다니! 이게 무슨 개 같은 경우야!"

그제야 청수진인이 가만히 혜광을 응시하던 시선을 거두었다.

그리고 정중히 자리에서 일어나 허리를 굽힌다.

"감사합니다. 사숙."

"지랄! 감사는! 하여간 꼴에 제 놈도 스승이라고 저 잡아먹은 놈이 뭐가 좋다고! 에잉!"

청수진인의 인사에도 혜광의 얼굴은 좀처럼 펴질지를 몰랐다.

아무리 방심했다고 하지만 새파랗게 어린 것에게 코피가 터졌다는 것이 자존심 상했다. 그 기분이나 풀 까 하고 찾아왔더니 괜히 기분만 더 잡쳤다.

"다녀올 동안 네놈은 하던 일이나 마저 정리하거라!"

혜광이 다시 몸을 돌려 걸어 나갔다.

"허허."

청수진인은 그런 혜광의 뒷모습을 한참이나 물끄러미 바라보다 이내 고개를 숙였다.

쪼르르르.

술을 따른다. 가득 채워 넘실거리는 술잔 위로 별빛이 가득 담겼다.

이것이 마지막 술이 될 터이다.

"좋구나!"

청수진인은 싱긋 웃으며 마지막 술잔을 음미했다.

*　　　*　　　*

"젠장할! 그러니까 손바닥을……!"

이현은 아직도 잡히지 않는 실마리에 여전히 손장난에 열중했다.

애도 아니고 손을 뒤집었다가 돌리는 것을 반복하는 이현의 표정은 사뭇 진지했다.

그때다.

따악!

"악! 어떤 죽일 놈의 자식……!"

불현듯 찾아온 뒤통수의 고통이 이현의 집중을 앗아 갔다. 뜬금없이 뒤통수를 처맞고 기분 좋을 인간은 없다.

"나다! 이 개 놈의 자식아!"

발끈해서 고개를 돌린 이현의 앞에 보이는 것은 못마땅한 표정을 짓고 있는 혜광의 모습이 보였다.

"……또 왜 그러십니까?"

당당한 혜광의 태도에 이현은 뚱한 표정을 지었다.

이미 오늘 하루 터질 만큼 터진 마당이다. 혜광과의 만남이 반가울 리 만무했다.

그런 이현의 불만도 아랑곳하지 않고 혜광은 다짜고짜 원하는 바를 요구했다.

"한판 뜨자! 이 발정 난 똥개 같은 놈아!"

이현의 얼굴이 팍 찡그려진 것은 당연했다.

"아! 또 왜 그러십니까! 그깟 코피 한번 쏟았다고 사람을 넝마로 만들었으면 됐지! 그걸로도 모자랍니까?"

"잔말 말고 한판 뜨자."

막무가내도 이런 막무가내가 없다.

이미 한 번의 싸움에 패한 것으로도 기분은 잡칠 대로 잡친 상황이다. 거기에 청수진인과의 술자리, 잡힐 듯 잡히지 않는 깨달음의 실마리까지 이현의 기분도 이 이상 날카로워질 수 없을 만큼 날카로워져 있었다.

"젠장! 좋습니다! 싸우자면 제가 못 싸울 것 같습니까? 그래! 싸웁시다! 기분도 더러운데 잘됐네요!"

평소라면 자리를 내뺄 궁리만 하던 이현이 이번엔 역으로 치고 나갔다.

스윽.

허리에 메인 검을 잡는다.

"성질부터가 글러 먹은 놈이!"

거기에 맞춰 혜광도 움직였다.

혜광이 주먹을 말아 쥔다.

그러나 이전과 다르다. 말아 쥔 주먹에는 공백이 있었다. 마치 무언가를 말아 쥐는 모습이다. 전과 다른 것은 그뿐만이 아니다. 이현을 향해 주먹을 휘두르는 움직임도 달랐다. 이현을 향해 곧게 주먹을 내지르는 것이 아닌 위에서 아래로 주먹을 휘두른다. 그 모습이 마치 검을 쥐고 내려치는 동작과 닮아 있었다.

"사숙조도 술 잡쉈습니까? 검도 없이 뭐 하는……!"

투덜거리면서도 이현도 맞대응했다.

혜광이 술을 먹고 싸움을 걸든, 아니든 상관없다. 어쨌든 대충 할 마음은 없었으니까. 설혹 술 먹고 부리는 주정이라 할지라도 혜광을 벨 수 있으면 그것도 그것 나름의 이득이다.

섬전과 같은 속도로 검을 뽑았다. 은빛 궤적이 밤하늘을 가로질렀다.

은연중에 혼원살신기의 제 이초.

멸세의 묘리를 검안에 담았다.

하지만.

"……뭡니까 이거?"

이현의 검은 채 반도 나아가지 못했다. 나아가다 멈춘 검은 허공에 우뚝 서 있다.

그에 반해.

혜광의 주먹은 이현의 머리 위에 한 치의 간격을 두고 멈춰

서 있다.

문제는 그것이 아니다.

이현의 얼굴에는 의혹이 가득했다.

"뭐냐니까요! 이게!"

저릿한 감각이 미간을 짓누르고 있다. 손 하나 까딱하는 순간 미간을 저릿하게 누르는 그 감각이 그대로 머리를 관통하고 지나갈 것 같은 환영이 자꾸만 눈앞을 아른거렸다.

그건 본능이다.

오감으로 보고 느낀 뒤 확인하여 판단하는 이성이 아닌, 오로지 본능이 느끼고 판단하여 전해 주는 경고였다.

식은땀이 흘렀다. 눈빛이 잘게 떨렸다. 숨이 가빠지고 심장이 터질 것만 같다.

'죽을 것 같다!'

정말 이대로 죽어 버릴 것만 같다.

그런 이현의 혼란에 혜광은 입맛을 다셨다.

"끌! 아주 맹탕은 아니로구나."

그러고는 손을 거둔다.

혜광이 손을 거두자 거짓말처럼 이현의 뇌리에 전해지던 경고가 씻겨 나가듯 사라져 버렸다.

그것은 이현이 살아생전 처음 겪어 보는 기현상이었다.

"맹탕이고 나발이고! 뭡니까 이게!"

그래서 흥분을 감추지 못했다. 알고 싶었다. 아니, 알아야 했다. 혜광이 펼친 한 수가 무엇인지 알지 못한다면 영원히 그를 추월할 수 없을 것만 같았다.

툭!

"받거라."

그러나 혜광은 이현의 물음에 답하지 않았다. 대신 품 안에서 때 묻은 소책자를 꺼내 이현의 발치에 던져 줄 뿐이다.

"천금보다 귀한 것이다. 소중히 보고 불태워 버려라."

그러고는 미련 없이 등을 돌리고 가 버린다.

"아니! 이게 뭐냐니까요? 설명이라도 해 줘야 할 것 아닙니까!"

혜광의 등 뒤로 이현의 외침이 울려 퍼졌지만, 돌아오는 대답은 역시나 없다.

"……."

이제 남은 것은 혜광이 던져 주고 간 작은 책자 하나뿐이다.

책자는 오래돼 낡아 있었다. 손때가 가득했고, 군데군데 변색까지 되어 있었다. 심지어 겉면에는 적힌 글귀도 없다.

무공 비급이라고 하기에는 너무 작고 얇은 물건이다.

"젠장! 뜬금없이 찾아와서 이게 뭐하는 짓인지!"

실마리를 좇던 상념을 방해하는 것도 모자라, 다짜고짜 싸움을 걸고 생전 처음 보는 무언가를 펼쳐 보였다. 그러고는 정체도 알 수 없는 책자 하나만 툭 하고 던져 놓고 가 버렸으니 황당할 수밖에 없다.

하지만 어쩔 수 없다.

이제 남은 것은 소책자 하나뿐이고, 결국 이현이 할 수 있는 것은 그 소책자를 읽는 것뿐이었으니까.

책장을 펼치자 단편적으로 적힌 글귀가 보인다.

"글씨 더럽게 못 쓰네!"

악필이다. 제대로 집중해서 보지 않으면 글귀의 뜻을 알아보기조차 어렵다.

"열. 처음으로 무공을 접했다⋯⋯?"

이현은 그것을 소리 내 읽었다.

열. 처음으로 무공을 접했다.

⋯⋯.

열하나. 한 번도 이기지 못했다.

⋯⋯.

열셋. 한 발 더 내딛게 되었다. 패배가 줄었다.

⋯⋯.

열다섯. 한 번 더 휘둘렀다. 패배가 줄었다.

⋯⋯.

소책자답지 않은 시답지 않은 내용들로 가득 차 있었다. 그저 언제 무공을 익혔는지부터 시작해 소소한 것들과 그 결과들로 가득 차 있을 뿐이다.

그리고 마지막 한 줄의 글귀.

쉰. 결국, 무공은 한 끗 차임을 깨달았다.

그것이 끝이다.

자세한 설명도 이유도 적혀 있지 않은 짧은 한 줄의 글귀다.

"……!"

하지만 이현은 책자를 덮지 못했다.

여반장. 한 끗 차.

두 개의 단어가 머릿속에서 뒤엉켜 조합된다. 새로운 그림을 그리기 시작했다.

이현의 머릿속이 검게 변했다.

그 검게 변한 세상 속에서 주마등처럼 야율한 때부터 지나온 과거들이 스쳐 지나갔다.

"……아!"

이현의 입에서 짧은 감탄성이 흘러나왔다.

깨달음이다.

"……."

한참이 지나서야 이현은 몰아에서 빠져나올 수 있었다.

정말 오랜만에 겪는 깨달음이다. 아니, 이현의 몸을 차지하고 난 뒤에는 처음으로 찾아온 깨달음이다.

"결국…… 한 끗 차."

이현은 몰아의 세계에서 본 깨달음을 곱씹었다.

야율한 시절부터 지나온 과거.

그 시작은 신강의 나약한 어린 고아 시절부터였다. 그때도 이현의 눈은 무공을 보고 있었다. 그를 팔아넘긴 산적도, 마적도 모두 무공을 펼치고 있었으니까.

그 뒤 혼원살신공을 얻었다. 싸우고 또 싸웠다. 죽이고 또 죽이기를 반복했다. 얼마나 많은 싸움을 하고, 얼마나 많은 이들을 죽였는지는 일일이 헤아릴 수도 없다. 그 많은 싸움 하나하나가 주마등처럼 펼쳐졌다.

"결국, 한 끗 차다. 그렇기에 여반장이다!"

그 많은 실전을 되짚으며 깨달았다.

'무공, 아니 싸움의 본질!'

때리거나 베거나, 찌르거나 휘두르거나. 피하거나, 막거나.

결국, 본질은 간단했다.

'나를 지키고 적을 무찌르는 것.'

그러기 위해선 적보다 빨리 움직여야 하고, 적보다 강한 힘을 발휘해야 한다. 적보다 더 많은 것을 보고, 적보다 더 날카로워야 한다.

무공이란 그 본질을 향한 연장선이다.

내공을 싣는 것도, 장풍처럼 쏘아 내는 것도. 바람처럼 빨리 달리는 것도.

모두 그 본질에 다가가기 위함이다.

그러기 위해 복잡한 철학과 자연의 법칙, 인간의 신체와 마음을 연구하고 파헤쳐 정형화시킨 것에 불과했다.

그러니 여반장이다.

마치 손바닥의 앞뒷면과 같고, 손바닥을 뒤집는 것처럼 간단하다.

모두 싸움의 본질이란 시작에서 나왔고, 그 시작을 향해 발전해 귀결되는 것일 뿐이었으니까.

그러니 한 끗 차다.

복잡하고 화려한 무공도, 지고에 이른 경지의 무공도 결국은 본질에서 뻗어 나와 귀결된 결론 중 하나였으니까.

승부는. 삶과 죽음은.

결국, 그 여반장 같은 한 끗 차이에서 결정되는 것이다.

스윽.

이현이 검을 들었다.

그리고 그 검을 휘둘렀다.

세상이 갈라진다. 오늘 몇 번이나 펼친 혼원살신공의 이 초인 멸세다.

달라진 것은 없다.

특별히 더 세상이 뒤집힌다든가, 화려한 현상이 발휘되는 것은 아니다.

다만.

이현의 눈에는 달랐다.

'틈!'

세상을 반으로 갈라 버린 궤적 속에 숨겨진 틈.

이제 그것이 보이기 시작한다.

손을 뻗었다.

맨손으로 갈라진 세상을 향해 손을 내뻗는 이현의 행동에는 일말의 망설임조차 담겨 있지 않았다.

결국, 혜광은 지금 이현이 본 틈을 보았고, 이현은 보지 못했을 뿐이다.

본 것과 보지 못한 것.

한 끗 차다.

그 한 끗 차이가 닿을 수 없는 격차를 만들었을 뿐이다.

꽈악!

이현은 내뻗었던 손을 꽉 쥐었다.

그리고 뜯어 버렸다.

쩌저저적!

이현의 손길에 갈라진 세상이 허무하게 찢겨 나갔다.

이로써 강해졌다. 세상을 무릎 꿇렸던 전성기 혈천신마 때보다 더.

"결국, 그것도 한 끗 차다."

고작 한 끗 차 더 발전했다.

이현이 피식 웃으며 뒤로 돌아서서 산자락을 내려가는 그 때,

콰콰콰콰콰쾅!

저만치 한참이나 떨어진 곳의 산봉우리에서 엄청난 크기의 모래 기둥이 치솟더니,

쿠르르르르르…….

저 멀리 절벽이 무너져 내리기 시작했다.

第八章

깨달음을 얻어 전성기 혈천신마의 무위를 훌쩍 뛰어넘었지만, 흘러가는 시간만큼은 막을 수가 없었다.

어느덧 무당파를 떠나 무림맹으로 향할 날이 되어 버렸다.

그사이 이현은 혜광을 만나려 몇 번이나 시도했다. 하지만 혜광의 모습은 어디에도 찾아볼 수가 없었다. 일부러 피하는 것인지, 아니면 다른 사정이 있는 것인지는 알 수 없다.

청수진인에게 물어보아도 그저 웃음으로 대답을 대신 했으니까.

'쩝! 다시 제대로 붙어 보고 싶었는데. 빌어먹을 영감탱이! 이거, 나랑 싸우기 무서워서 도망친 것 아니야?'

잠시 망상을 해 보았지만 이내 고개를 저어 버렸다.

이제 쉽게 지진 않을 것이다. 용호상박의 싸움을 펼칠 자신은 있었다. 그러나 이미 지금 이현이 깨달은 바를 먼저 깨닫고 소화한 혜광이 쉽게 져 버릴 리도 없다는 것은 잘 알고 있었다.

어디까지나 망상이다.

그렇게 망상에 허우적거리는 사이.

어느덧 걸음은 해검지까지 닿았다.

"본 파의 명예를 드높이거라!"

"옳은 일을 행하는 데 주저하지 말거라."

"정치 싸움보다는 스스로 다스리는 데 집중하거라."

배웅 나온 장로들이 한마디씩 한다.

확실히 성공하고 볼 일이다. 수적 토벌에 나설 때까지만 해도 이렇게 장로들이 배웅나오는 일은 상상도 할 수 없는 일이었으니까.

앞선 장로들의 조언이 끝나자 장문인이 입을 열었다.

"부맹주가 된 이상 너는 본 파의 제자이나, 본 파의 제자가 아니다. 무당은 신경 쓰지 마라. 그저 무림맹에서 네가 해야 할 일만 하면 될 것이다."

명색이 무당파를 이끄는 장문인인 주제에 하는 말은 앞선 장로들의 말과는 전혀 다르다.

무당의 제자이나 무당의 제자가 아니다. 그러니 신경 쓰지 말란다.

장문인 딴에는 이제 무림맹의 부맹주가 될 이현이 무당파의 제자라는 사실 탓에 자칫 형평성을 잃거나, 행함에 위축되지 않을까 걱정하여 한 말이다. 혹은, 무당 이익을 대변하느라 부맹주라는 본분을 잊지 않을까 하는 걱정이었다.

하지만 그건 쓸데없는 걱정이 확실했다.

일단, 이현이 무당파를 의식할 인간도 아니었고 그래서 위축될 인간도 아니었다. 무당의 사정을 봐주다 형평성을 잃을 일도 없다. 또한, 이미 부맹주라는 본분 자체를 알지 못하는 위인이다.

그러니.

'이게 뭔 말이야?'

억지로 웃으며 고개를 끄덕이고 있지만, 장문인이 왜 이런 말을 했는지 알아들을 턱이 없다.

그렇게 장문인을 비롯한 장로들과의 인사가 끝났다.

혜광은 배웅 나오지 않았으니 이제 남은 사람은 단둘이다.

"히잉! 사질아!"

청화가 이현의 손을 덥석 잡았다.

"진짜 안 가면 안 돼? 여기서 나랑 놀자! 응?"

아직도 체념이 되질 않았는지 이곳에 남아 자신과 놀아 달라고 한다.

"싫은데?"

물론, 이현은 단호하게 거절했다.

"애들이랑 노는 것도 질려! 이제 어른들의 세상에서 좀 놀아 보련다!"

"나 어른스럽거든?"

"누가 그러든?"

"사형들이……."

"하긴 네가 노안이긴 하지!"

시답지 않은 농담 같은 대화가 오가고.

"심심해도 참아! 내가 자주 놀러 갈게! 그리고 너도 자주 놀러 와! 기다릴게. 나 기다리는 거 완전히 잘해!"

이현의 손을 꼭 잡고 짐짓 어른스러운 말투로 말한다.

그리고 이제.

"이제 정말 가는구나!"

청수진인과의 인사가 남았다.

"예! 이제 진짜 갑니다!"

이현은 웃으며 고개를 끄덕였다.

청수진인과는 첫 만남부터 꼬였었다. 눈떠 보니 이현의 몸이었던 것도 짜증 나는 판국에, 다짜고짜 구타부터 당했으니까.

하지만 이제는 다르다. 그리 밉지 않다.

하물며 마지막엔 깨달음에 필요한 실마리까지 주지 않았던가.

웃고 있지만 왠지 어색하다.

'젠장 괜히 술은 마셔서는!'

얼굴을 맞대고 있으니 지난날 함께 했던 술자리가 생각난다. 허허롭게 웃으며 바라보던 청수진인의 시선은 그때 그대로였다.

어색한 속내를 감추는 이현을 향해 청수진인은.

"건강이 제일이다. 항시 무리하지 마라."

먼 길 떠나는 제자를 향해 조언을 아끼지 않았다.

"예."

이현은 고개를 끄덕였다.

"음식은 급하게 먹으면 탈이 나는 법이다. 항시 꼭꼭 씹으며 음미하는 습관을 기르거라."

"예."

"눈을 마주하지 못하는 사람은 항시 주눅이 들어 보이는 법이다. 사람을 마주할 때는 항시 눈을 맞추거라. 이야기를 들어 줄 때에는 이따금 고개를 끄덕여 주는 것을 잊지 말 것이며……"

고리타분한 조언들이 흘러나왔다.

걱정이 되긴 되는 모양이다. 이런 잔소리 같은 조언을 쏟아내는 것을 보면.

처음의 어색함도 잊고 무의식적으로 고개를 끄덕이며 한 귀로 듣고 한 귀로 흘려보냈다.

그러다가.

"화난다고 다 때려 부수지 말고."

"예."

"아무한테나 막 욕하고 그러는 것도 자제하거라."

"예…… 예?"

점점 조언의 방향이 이상해진다.

뒤늦게 깨닫고 황당하다는 눈으로 청수진인을 바라보았지만.

"짜증 난다고 아무나 죽이지 말거라."

"……."

"심심해도 아무나 죽이지 말고."

점입가경이다.

"죽이는 게 재밌다고 죽이지도 말고."

"……저기요? 절 대체 뭐로 보는 겁니까?"

이건 조언이라기엔 무언가 이상하다. 마치 떠나는 마당에 한판 붙어 보자고 시비 트는 것 같다.

처음에 훈훈했던 분위기는 사라진 지 오래다.

더욱더 열 받는 건.

"허허허허!"

사람 좋은 웃음을 짓고 있는 청수진인에게 무어라 반박할 말이 없다는 점이다.

'썩을! 내가 좀 그러긴 했지만…… 그래도 떠나는 마당에 이러는 건 아니잖아!'

차마 그간 해 온 짓이 있으니 '나 그런 사람 아니오.'라는 말은 못하겠다.

그래도 무언가 억울한 건 사실이다.

그런 이현의 심정을 아는지 모르는지.

"무엇보다 어린이와 노약자를 죽일 때는 꼭 한번 다시 생각해 보거라."

청수진인의 조언은 끝나지가 않았다.

*　　*　　*

무림맹으로 향하는 이현을 옥분과 정만, 모산발이 뒤따랐다. 그들의 수하들도 함께한 것은 당연했다.

거기에 필요한 경비를 대 준 것은 이번에도 간저다.

'뭐, 해 준 게 있으니까. 이 정도는…….'

이번엔 이현도 간저파가 망하는 건 아닌가 하는 걱정 따윈

하지 않았다.

사도련주와의 협상.

큰 줄기는 이현과 사도련주가 잡았지만, 그 밖의 세세한 것들은 호설귀와 옥분이 정리해 합의했다. 와중에 옥분이 그간 경비를 대어 온 간저패의 이득을 챙겨 주었다.

초희와 간저패의 사업 협력과 사도련과의 거래가 주된 골자다.

거기에 포로로 사로잡은 수적 중 일부를 간저패에 떠넘긴 이현의 선택도 한몫했다. 간저는 그들에게 극진히 대했다. 그중 일부는 다시 장강으로 돌아갔고, 또 일부는 간저패에 남아 힘을 실어 주었다.

수적왕은 물론, 포로에서 풀려난 이들과의 관계도 원만하다. 거기에 포로에서 간저패 식구로 업종 변경을 한 수적들의 무력까지 더해지니 흑도에서는 무서울 것이 없어졌다.

그것만으로도 간저패는 장강 인근의 암흑가 패권을 쥐는 데는 충분한 조건이다. 소문으로는 간저패가 장강 인근의 돈을 쓸어 담고 있다고 했다.

향후 몇 년만 지나면 흑점, 하오문과 어깨를 나란히 하는 거대 흑도 조직으로 성장할 가능성이 농후하다는 것이 옥분의 설명이었다.

그러니 이제 간저의 지원을 너무 많다고 걱정할 필요는

없다.

오히려.

무림맹으로 향하는 내내 이현은 매일 같이 술과 고기로 세 끼를 채우는 호사를 누리고 있었다.

그렇게 산적, 수적, 마적이라는 대인원을 이끌고 무림맹에 도착할 때쯤.

우뚝!

이현은 걸음을 멈춰 세웠다.

"……"

"무슨 일이십니까?"

갑작스럽게 걸음을 멈춘 이현의 모습에 옥분이 의아한 표 정으로 물었다.

그리고 고개를 돌렸다.

그들이 서 있는 언덕 아래로 대로가 곧게 뻗어 있었다. 그리 고 그 대로의 끝에 거대한 성벽이 하늘 높이 닿아 있었다.

위에서 내려다보니 보인다.

거대한 성벽 너머로 그와 같은 성벽이 네 개나 겹겹이 둘러 쳐져 구획을 나누고 있었다. 그 구획 안을 갖가지 건물들이 가득 채운다.

"확실히 정파 무림의 저력은 대단하죠. 흑사신마의 발호를 계기로 만들어진 무림맹이 저렇게까지 성장할 수 있다는 것만으로도……."

사도련도 보았다. 하지만 당장 눈에 보이는 무림맹의 풍경은 사도련과는 확연히 달랐다. 사도련은 하나의 거대한 무림방파의 모습이었다면, 지금 눈앞에 펼쳐진 무림맹은 이미 그자체로 하나의 도시를 연상케 했다.

규모 면에서는 비교 자체가 되질 않는다.

옥분은 이현도 그 거대한 무림맹의 규모를 보고 놀라 걸음을 멈춘 것으로 생각했다.

하지만.

"……그래 봐야 무림맹이지 뭐."

정작 이현의 대답은 심드렁했다.

당연했다. 그가 걸음을 멈춘 이유는 따로 있었으니까.

"저건 왜 안 들어가고 저러고 있냐?"

이현의 시선이 머물고 있는 곳은 무림맹이 아니었다. 무림맹 정문 앞.

그곳에 커다란 규모의 무사들이 밀집해 있었다. 그들 사이에 삐죽 솟아 있는 커다란 깃발이 바람에 펄럭인다.

사(邪)

바람에 펄럭이는 깃발에 적힌 글자였다.

"……."

무림맹 앞에 선 사도련주는 입을 굳게 다물고 있었다.

"아, 아무래도 우리를 맞이할 준비를 하느라 조, 좀 늦는가 봅니다. 잠시만 기다리시는 것이……."

호설귀가 그런 사도련주의 곁에서 급히 설명을 늘어놓았지만 사도련주의 차가운 표정은 풀리지 않았다.

오히려.

"정말 그리 생각하시오?"

"……죄송합니다."

차갑게 반문한다.

그 물음에 호설귀는 고개를 숙여야만 했다.

"유치한 짓을 하는군. 정파답다고 해야 하나?"

여전히 굳게 닫힌 채 열리지 않는 성문을 바라보는 사도련주의 눈빛은 차갑게 가라앉아 있었다.

'문전박대라…….'

무림맹이 회담제의를 받아들였기에 적지나 다름없는 이곳까지 왔다. 그러나 그가 도착한 지 두 시진이나 지났음에도 여전히 무림맹 정문은 굳게 닫혀 있었다.

의미는 확실했다.

이현의 주선 때문에 어쩔 수 없이 회담에 응했지만, 무림맹은 여전히 회담에 나설 생각이 없음을 이런 식으로 드러내면서 표현하고 있는 것이다.

'돌아가도 그만, 기다려도 그만이란 것인가?'

이 간접적인 표현의 의도를 알기에 사도련주의 마음은 더욱 불편했다.

언제까지 이러고 있을 수만은 없다.

이대로 기다리기만 하다 돌아갈 수는 없는 노릇이다. 하물며, 기다린 끝에 회담이 시작된다고 한들 제대로 된 협의가 이루어질 가능성도 희박했다.

어쨌든 확실한 건.

'얕보이고 있군.'

무림맹은 사도련을 안중에도 두지 않고 있다. 그렇지 않다면 아무리 적대 관계라 해도 이런 식으로 할 수는 없는 일이다.

"총군사."

여전히 시선은 열리지 않는 정문을 응시하며 물었다.

"예? 예! 말씀하시지요."

"저 문! 얼마나 하오?"

갑작스러운 물음.

그 물음에 호설귀는 잠시 당황했지만, 이내 정신을 수습하고 답했다.

"일반적인 문으로 보기보다는 성문으로 보아야 할 것 같습니다. 생긴 구조로 보면 두 개의 두꺼운 목재 사이에 철판을 넣어 강성을 높인 것으로 보이는데……."

구구절절 설명을 시작하는 호설귀의 말을 사도련주가 가로막았다.

"비싸오?"

단도직입적인 질문.

"예. 그렇긴 하온데 그건 대체……."

호설귀는 고개를 끄덕였다. 그러나 얼굴엔 여전히 의문이 가득했다. 갑자기 사도련주가 왜 무림맹의 성문에 이렇게 관심을 보이는지 이해하기 힘든 탓이다.

그러나 굳이 물어볼 필요는 없었다.

"려, 련주님!"

사도련주가 성큼 앞으로 걸어 나가기 시작했기 때문이다. 그의 걸음이 향하는 곳은 굳게 닫힌 무림맹의 성문이 있는 곳이다.

허리춤에 찬 도를 향해 손을 가져가는 그의 모습은 그가 걸어 나가는 의도를 명확하게 보여 주고 있었다.

"차, 참으십시오! 련주님!"

다급히 그를 말리는 호설귀의 목소리가 등 뒤에서 들려왔다.

하지만.

저벅!

성문을 향해 다가가는 사도련주의 걸음은 멈추지 않았다.

'얕보였다면, 더는 얕보지 못하게 해야지!'

이대로는 아무것도 이루어지지 않는다. 기다리면 기다릴수록 오히려 상대에게 얕보이고 무시당할 뿐이다.

그럴 바에야.

'제대로 터트려 주지.'

사도련주는 마음을 굳혔다.

허리춤에 찬 도를 쥐는 사도련주의 손에 힘이 들어갔다.

그때였다.

퍽!

도를 뽑으려던 사도련주는 갑작스러운 충격에 몸이 휘청거렸다.

그리고 귓가로 들려오는 익숙한 목소리.

"어이! 여기서 다 보네? 도착했으면 들어가지 문은 왜 노려보고 있어? 아! 그보다 가슴 큰 년이랑은? 했어? 했냐?"

언제 다가왔는지도 모르게 다가온 이현이 어깨동무하며 친근하게 묻고 있었다.

갑작스러운 이현의 등장.

무림맹의 정문을 박살 내려던 사도련주의 의도는 흐지부지 되어 버렸다.

어깨동무하며 방해한 것도 모자라 온갖 시답잖은 이야기나 건네고 있는 이현을 두고 다시 무림맹 정문 문짝을 박살 내기도 뭣한 분위기였다.

"네 부인도 가슴 큰 년 둘째 부인으로 생각하고 있다며. 보아하니 가슴 큰 년도 너 좋아하는 모양인데…… 설마 안 했어? 이거 줘도 못 먹는 놈이네?"

음담패설이 이현의 입에서 튀어나왔다.

그래도 전에는 청화가 옆에 있어 자제하는 부분이 있었는데 이젠 청화도 없다. 봉인 해제된 이현의 음담패설은 가히 절정을 향해 치닫고 있었다.

그럼에도.

"……."

사도련주는 아무런 말도 하지 못하고 있었다.

'전혀 느끼지 못했다.'

이현이 강하다는 건 안다. 사도련주도 이현과 정면에서 싸우는 것은 부담스럽다. 하지만, 그건 그것이고 이건 이것이다.

그가 어깨동무할 만큼 가까이 다가왔음에도 아무런 기척

도 느낄 수 없었다.

조금의 격차가 이제는 눈에 보이는 격차로 벌어졌다는 이야기다.

이제 이현이 무림맹 부맹주가 된다면 적이다.

그 적이 잠깐 사이에 성장해 있다는 것은 치명적이었다.

그렇게 혼자 신 난 이현과 혼자 심각한 사도련주가 어깨동무를 한 채 동상이몽을 하고 있을 때.

쿵!

정문이 열렸다.

굳게 닫혀 도무지 열릴 기미가 없던 정문은 너무나 쉽게 열렸다.

사도련주가 아닌, 이현이 도착했기 때문임을 모르는 사람은 아무도 없었다.

"허허! 기다리게 해서 죄송합니다. 오셨다는 소식은 전해 들었는데 준비할 것들이 많아서 그리했으니, 이해해 주십시오."

그래도 형식상으로 사도련주를 향해 미안하다고 하는 건 무림맹주다. 그러나 입가에 걸린 묘한 미소는 미안하다는 그의 말과 전혀 다른 분위기다. 그런 무림맹주의 뒤로 무림맹의 주요 인사들이 따라 나왔다.

"별로. 얘랑 노는 데 정신 팔려서."

눈치 없이 맹주의 사과를 대신 받은 사람은 이현이다.

이현은 여전히 즐거운 표정이다.

이렇게 되니 사도련주도 불만을 표하기 애매한 분위기가 되었다.

"······아니오. 그리 오래 기다리지 않았소."

두 시진이다. 적게 기다린 시간은 아니다. 하지만, 이제 와 그런 걸 들추어 봐야 꼴만 우스워진다.

"허허! 그, 그렇군요."

반면 무림맹주도 어색하긴 마찬가지다.

사도련주를 도발하기 위한 초석으로 건넨 사과를 이현이 받았으니, 더는 사도련주를 자극할 수 없게 되어 버린 것이다.

이현 하나 때문에 여러 사람이 애매한 분위기가 되어 버렸다.

그러나 마냥 이현만 행복하고 즐거운 것도 아니다.

"지금 무엇하는 짓입니까! 곧 부맹주가 되실 분이 사도련주와 어깨동무라니요!"

"내 그러지 않았습니까! 아무리 무공이 고강하다 한들, 고작 약관이 겨우 지난 핏덩이를 부맹주의 자리에 앉힌다는 건 말도 안 되는 일이라 하지 않았습니까!"

"누가 아니랍니까. 무공만 고강하면 무엇합니까. 사리분별을 못 하는데! 저는 차기 부맹주가 사도련과의 회담을 주선했다는 것부터가 마음에 안 듭니다."

"......."

김이 확 샜다.

사도련주의 어깨에 팔을 걸쳤던 이현의 팔이 스르륵 내려왔다.

피식!

입가에 웃음이 걸렸다.

'뭐, 환영받을 거란 기대는 안 했지만……'

아무리 머리 굴리기 싫어하지만, 그 정도는 생각할 수가 있었다.

솔직히 이현이 부맹주가 되기에는 결격이 너무 많다. 가장 큰 것은 어린 나이다. 무림의 배분으로 보았을 때도 그렇다. 새파랗게 어린 이현이 부맹주가 되는 순간, 지금껏 무림맹을 이끌어 온 중진들과 어깨를 나란히. 혹은 그 위에 서야 하니 그들로서는 그리 반가운 부맹주감은 아니었다.

차라리 청수진인이 맹주 자리에 오르는 편이 그들로서는 환영할 만한 일이었을 터다.

쓴웃음을 짓는 이현의 마음을 아는지 모르는지.

그를 향한 비난은 계속되고 있었다.

"뒤에 저 떨거지들은 또 무엇이오! 설마, 저 근본도 없는 것들을 무림맹에 들이실 작정은 아니겠지요?"

"에이! 설마 아무리 생각이 없기로서니 도적질이나 하던 것들을 이 무림맹에 들이기까지야 하겠습니까!"

이제 이현이 데려온 수하들까지 트집 잡아 험담을 늘어놓는다.

딴에 자기들끼리 하는 이야기인식으로 말하고 있지만, 이건 누가 봐도 이현이 들으라는 이야기다.

"허허. 왜들 이러십니까. 그래도 신입 부맹주가 정파 무림을 위해 이룬 공이 얼마인데요."

심지어 이현에게 부맹주직을 권한 무림맹주조차도 적극적으로 이 상황을 수습하려는 모습은 아니다.

정파 특유의 깐깐한 꼰대 같은 성격 탓인지, 아니면 어린 부맹주를 길들이기 위함인지는 모른다.

중요한 건.

'엎을까?'

이현은 지금 진지하게 고민하고 있다는 것이다.

오늘 이 자리에서 한바탕 뒤집어엎을 것인가 말 것인가.

사고를 치면 뒷수습이 골치 아프긴 하겠지만, 이런 식이라면 앞으로 부맹주가 되어도 짜증 나긴 마찬가지일 것은 불 보듯 뻔했다.

그렇게 이현이 고민하고 있을 때다.

"그다지 환영받는 분위기는 아닌 것 같소."

그 모습을 내내 지켜보기만 하던 사도련주가 조용히 입을 열었다.

"쩝! 그렇지?"

이현은 입맛을 다시며 머리를 긁적였다. 아무래도 이런 상황은 모양이 안 선다.

"그러지 말고 우리 쪽으로 오는 건 어떻소? 무왕이라면 우리는 언제든 환영하오."

"너희 쪽으로?"

예상치 못한 제안에 이현이 눈을 크게 떴다.

그건 이현뿐만 아니다.

"헙! 그, 그게 무슨!"

"부, 부맹주가 사파의 편에 서다니! 그게 무슨!"

여기저기서 당황한 음성이 터져 나왔다. 주로 마중 나온 무림맹 측 인사들의 입에서 터져 나온 소리다.

그 소리에 사도련주의 입가에 웃음이 더욱 짙어졌다.

"어차피 귀하의 적성도 사파 쪽이 맞는 듯한데…… 자고로 사람은 적성을 잘 살려야 한다고들 하지 않소."

"음…… 확실히 그렇긴 그렇지!"

이현이 고개를 주억거렸다.

이현도 잘 알고 있다. 그의 성격은 고리타분한 정파가 아닌, 자유분방한 사파나 마도 쪽이라는 것쯤은.

제법 진지하게 고민을 해 보는 이현이다.

그 모습이 여러 사람을 동요하게 만들었다.

"그, 그게 무슨 소리요! 그댄 명문정파인 무당파의 제자이지 않소! 그 뿌리를 부정하고 간악한 사파 무리에 속하겠다는 것이 말이나 될 소리요!"

조급한 마음에 무림맹 측에서 누군가 소리쳤다.

이현의 고개가 그쪽으로 돌아갔다.

그리고.

"그쪽이 나 싫다면서?"

대수롭지 않게 반문을 던졌다.

그 반문이.

예기치 못한 상황을 심각하게 만들었다.

무림맹 측은 생각했다.

'무슨 일이 있어도 이현이 사도련에 넘어가서는 안 된다!'

사도련 측도 생각했다.

'이현만 섭외할 수 있다면 회담 따위는 어떻게 되든 상관없다!'

같은 상황에서 서로 다른 생각을 한 그들의 입술이 바짝 말랐다.

"흠…… 어디로 가지?"

그 마른 입술에 이현의 한마디가 불을 지른다.

그 한마디에 무림맹 정문 앞은 졸지에 이현 쟁탈전이 벌어지고 있었다.

"부맹주 자리에 어울리는 별채를 따로 내어줌은 물론, 선집
행 후보고가 가능한 권한 또한 약속드리오!"

무림맹 측에서 선공을 펼쳤다.

"우리는 부련주 자리를 드리겠습니다! 물론, 당연히 별채
지급입니다. 선집행 후보고는…… 원래 저희는 사파잖습니까.
마음에 안 드시면 죄다 족치십시오. 보고도 필요 없습니다!"

사도련 측에서도 맞불을 놓았다.

"무림맹 무고를 마음대로 사용하셔도 좋습니다. 삼만팔천
가지의 신공절학이 그 안에 잠들어 있습니다!"

"사도련 무고도 얼마든지 사용하십시오. 신공절학은 물론
삼만팔천 가지의 색공이 그 안에 잠들어 있습니다!"

"저희는……!"

"저희도……!"

끝이 없다.

"……."

말 한마디 안 했는데 알아서 경쟁이 붙었다. 더불어 시간이
지날수록 몸값이 천정부지로 치솟는다.

그럴 수밖에 없다.

홀로 천마를 죽이고, 산적과 마적을 토벌한 이현이다. 이현

에 의해 타격받은 녹림채는 제 한 몸 추스르기도 버거울 정도고, 수로채는 아예 처음부터 다시 시작해야 하는 판이다.

그런 이현이 사도련 쪽에 붙어 버리면 무림맹으로서는 골치 아파지는 건 당연지사다.

까딱했다가는 부담스러운 적을 만들어 버린 셈이었으니까.

반대로 사도련의 입장에서는 어떻게든 이현을 잡아야 했다. 이현을 잡기만 한다면 회담 따위는 어떻게 되든 상관없다.

이현의 밑에 있는 수하들만 합류해도 녹림과 수로채는 정상화된다. 더불어 이현이라는 강력한 고수까지 더해지면 그 전쟁 억지력은 못 잡아도 족히 오 년이다.

아니, 그 사이에 이현의 성취가 더욱 올라간다면 앞으로 중원의 주인은 정파가 아닌 사파가 될지도 모른다.

"무림맹 운영 자금 중 일부를 마음대로 운영하실 수 있는 권한을 드리겠습니다."

"부련주만 되어 주시면 월 금 한 관에 계약금으로 백지 전표를 드리겠습니다. 받고 싶은 금액만 적으십시오! 바로 지급해 드립니다! 사파는 돈 빼면 시체입니다!"

시간이 지날수록 무림맹이 제시하는 것에 사파가 뭔가 하나를 더 얹는다.

예를 들어 삼만팔천 가지의 색공이라든가…….

"끌리는데?"

마음이 혹했다.

팽팽했던 이현의 마음속 균형추가 사도련 쪽으로 기울어 가기 시작했다.

그 기색을 읽은 것일까.

사파 쪽에서 누군가 소리쳤다.

"제, 제 손녀를 드리겠습니다!"

그 소리에 이현의 고개가 확 돌아갔다.

그곳에 짐짓 비장한 표정을 짓고 있는 호설귀가 있었다.

"부련주만 되어 주시면…… 제 손녀를 드리겠습니다!"

짐짓 비장한 표정을 짓고 있는 호설귀의 모습 때문이었을까.

서서히 기울어 가던 마음이 확 기운다.

물론, 경솔한 짓은 하지 않는다. 약 한번 잘못 핥았다가 혼원살신공을 잃었던 아픈 기억이 있다.

이현은 신중했다.

"예쁘냐?"

가장 중요한 부분이다.

그 물음에 호설귀가 자신 있게 고개를 끄덕였다.

"물론입니다! 아주 예쁘지요! 아마 사파. 아니, 전 중원을 통틀어도 그 아이보다 예쁜 여인은 없을 것입니다."

"그, 그래?"

"그럼요! 손녀가 절 닮아서 아주 예쁩니다!"

숨김없이 자신감을 드러내는 호설귀의 입가에 웃음이 가득했다.

"……."

그 모습에.

이현은 결정했다.

"난 아무래도 무림맹이 맞는 것 같다."

아무리 호설귀를 뜯어보아도 예쁠 만한 구석은 없다.

그런 호설귀를 닮은 손녀는…….

"사양할게. 네 손녀는."

그렇게 호설귀의 결정적인 역할로 이현의 거취가 무림맹으로 결정된 그 순간.

쿵! 쿵! 쿵! 쿵!

지축이 흔들렸다.

규칙적인 박자감으로 전해 오는 흔들림은 심장의 박동 소리와 묘하게 맞아 떨어져 가고 있었다.

'이건!'

이현의 표정이 굳었다. 그만이 아니다. 무림맹의 중추들도, 사도련의 인사들도 표정을 굳힌다.

그들도 아는 것이다.

'대군이 움직이는 소리다.'

한둘이 아니다. 족히 천은 넘어야 이런 소리가 나온다. 그것도 제대로 된 무장을 갖춘 무인 천 명 이상이 동원되어야만 가능하다.

"전열을 갖추라!"

사도련주가 먼저 반응했다.

그의 명령이 떨어지기 무섭게 사도련 측의 무사들이 우르르 한 곳으로 모인다.

적지나 다름없는 이곳에서 대군의 진군을 만났다면 가장 먼저 의심을 해 보아야 할 입장이었으니 당연한 선택이다.

"이게 무슨! 전열을 갖추십시오!"

무림맹 측에서도 당황하긴 마찬가지다. 그들도 그들끼리 뭉쳐 만약의 사태를 대비했다.

사도련은 무림맹을, 무림맹은 사도련을 의심하고 있는 것이다.

그러나 이현은 달랐다.

"저희도 모이는 게 어떻겠습니까?"

"우리가? 우리가 왜?"

불안감을 느낀 옥분이 조심스럽게 물어 왔지만, 이현의 대답은 심드렁했다.

"어차피 둘이 싸울 건 아니다."

사파와 무림맹이 싸울 일은 없다. 적어도 지금은.

"예?"

그 말뜻을 이해하지 못하는 옥분이 다시 질문했지만, 이현은 대답 대신 고개를 돌렸다.

"……오네."

이현이 지나온 언덕 위로.

시커먼 그림자가 하나둘 고개를 내밀었다.

그 그림자 끝에 깃발이 솟았다가 잠겼다가를 반복한다.

펄럭이는 금빛 깃발.

"황궁에서 뭐 얻어먹을 게 있다고 여기까지 행차야?"

황(皇)

그 깃발에는 황궁을 뜻하는 '황'이라는 글자가 선명히 새겨져 있었다.

"황태자 전하 납시오!"

정적을 꿰뚫는 큰 외침이 허공을 가로질렀다.

第九章

잠시 뒤.

무림맹 앞에는 어림군이 질서정연하게 도열했다. 어림군 하나하나가 내뿜는 패기가 대기를 짓눌렀다.

"……."

갑작스러운 황태자의 등장.

무림맹은 물론, 사도련과 이현도 당황스럽긴 마찬가지였다.

그때 무림맹 측에서 황태자를 향해 달려 나가는 이들이 있었다. 무림맹 최고 무사 집단인 승룡단은 일제히 부복을 하며 고개를 조아렸다.

그때 최근 승룡단의 단주가 된 그는 창천검왕의 손자인 남궁형위가 대표로 외쳤다.

"황태자 전하를 뵙습니다!"

관료 하나가 앞으로 나서며 소리쳤다.

"고개를 들라!"

남궁형위가 고개를 들자 오만한 얼굴을 가진 관료가 눈앞에 보였다. 그리고 그 너머로 수없이 도열한 일만의 대군이 보이고, 그 위로 마치 첨탑처럼 높게 선 연이 보였다. 하지만 연의 위는 차양막으로 가려져 있어 근래 새롭게 황태자 위에 올랐다고 하는 사황자의 모습이 보이질 않았다.

관료는 품에서 두루마리를 꺼내 펼쳐 보이며 읽어내려가기 시작했다.

"들거라. 근자에 들어 가뭄과 홍수가 번번이 일어나매, 세상이 혼란스러운 것으로도 모자라 강호에는 흉악한 무리들이 계속 발호를 함에 따라 백성들의 고초가 심해지고 있느니라. 이에 황태자 전하께서는 국토를 직접 순시하시어 백성들의 어려움을 헤아리고자 하시고, 이에 따라 늘 분란을 일삼는 근원인 강호의……."

그때 연 위에 앉은 황태자가 손을 높이 들었다. 관료는 즉시 두루마리를 접어 고개를 조아리며 옆으로 물러섰다.

그 순간, 좌우에 시립해 있던 궁녀들이 천천히 차양막을 거둔다. 그러자 불그스름한 색이 감도는 머릿결과 고운 피부를 가진 아리따운 남자가 모습을 드러냈다.

하지만 생김새와 다르게 목소리는 싸늘했다.

"맹주와 련주는 어디에 있느냐?"

＊　　　＊　　　＊

사소한 일들이 있었지만, 결국 이현은 무림맹 부맹주가 되었다.

본의 아닌 몸값 협상으로 얻은 것은 제법 많았다.

정원 딸린 별채를 부맹주전으로 얻었고, 녹봉도 많다. 하는 일도 없는데 활동 지원금의 명목으로 따로 돈이 나온단다. 이현이 끌고 온 수하들도 부맹주 직속 무력단으로 배속되었다. 이름은 '적조의혈단'.

딱히 이름 짓는 데 머리 쓰기 싫어하는 이현의 성격이 고스란히 반영되었다.

그 밖에도 자잘한 혜택들을 줬다.

그러나 그런 호화로운 대우와는 별개로.

정작 이현이 부맹주로 임명되는 임명식은 조용히 지나갔다.

그보다 중요한 것이 있었기 때문이다.

무림맹과 사도련의 회담. 그리고 황태자의 행차.

중요한 일이 두 개나 겹쳐버렸다.

그러다 보니 이현의 임명식은 조용했고, 그 뒤에도 할 일이 없었다.

심심하다.

"확실히 황궁이 대단하긴 대단한가 보네. 쩝!"

부맹주전에 드러누워 빈둥대던 이현이 입맛을 다셨다.

그 말에 옥분이 한심하다는 눈으로 이현을 바라보았다.

"그럼 안 대단하겠습니까? 명색이 천하의 주인인데요."

괜히 황제를 달리 천자라 하겠는가.

이 넓은 중원을 지배하는 이들이다. 그런 그들이 대단하지 않다면 그건 그것 나름대로 놀라울 일이다.

"아니, 그게 아니라 무공이!"

황실의 위세가 대단하다는 것이 아니다. 애초에 이현은 그런 데에 관심을 둘 사람이 아니다.

"아! 어림군 말입니까? 확실히 어마어마하더군요! 다가오는데 그 패기가…… 어후! 하긴, 괜히 황궁이겠습니까? 그래서 다들 무림맹이나 사도련에 있는 비급보다 황궁비고에 돌아다니는 절세비급이 더 많을 거라고들 하지 않습니까."

"그래?"

"확실한 건 아니고 소문이 그렇습니다. 거기에 황궁이면 돈도 많지요. 무공 비급도 있고, 돈도 많고, 인재도 넘치고! 아주 무공고수 찍어 내기는 그만한 곳도 없을 겁니다."

"듣고 보니 그러네."

이현은 고개를 끄덕였다.

확실히 어림군 하나하나가 내뿜는 기도는 대단했다.

혈천신마 때 무시했던 황궁에 대한 선입견을 바꾸어 놓을 정도였으니까.

거기에 옥분의 설명이 더해지자 이해가 된다.

돈과 인재, 그리고 뛰어난 무공까지 있다면 고수를 찍어 내는 건 일도 아니다. 물론, 천하십대고수와 같은 진짜배기를 만들어 내려면 그 돈과 인재, 절세신공으로도 모자라긴 했다.

그러나 평균적인 무공 수위를 끌어 올리기 유리한 쪽은 확실히 황실이다.

"괜히 무림에서 별호에 황(皇)자를 쓰지 않는 것이 아니죠. 어림군이 저 정도인데, 어려서부터 궁에 들어가서 수련해야 한다는 동창 같은 애들까지 생각해 보면……."

"그리고 보니 황자를 안 쓰긴 하네. 죄다 제(帝)니, 왕이니 하고……."

"왜 유명한 일화 있지 않습니까. 옛날에 천하제일인 하나가 자기 멋대로 제 이름에 황자 붙였다가 소리 소문도 없이 사라졌다는 거! 그런데 한 이십 년 뒤였나? 그 천하제일인의 검을 쓰던 황궁 무인이 있다고 해서 유명했죠."

"들어보긴 한 것 같다만⋯⋯."

옥분의 구구절절한 설명에 이현은 고개를 끄덕였다. 확실히 맞는 말 같았다.

한 가지만 빼고.

"웃기네. 그럴 거면 황만 금하지 말고 제나 왕도 금해야 하는 거 아니야?"

"그거야 저희가 어찌 알겠습니까."

이현의 의문에 옥분이 어깨를 으쓱했다.

'그러니⋯⋯ 그럴만하지.'

이현은 속으로 조용히 고개를 끄덕였다.

꽈악!

주먹을 쥐었다.

그러면서 떠올린다.

미리 말하지 않았더라면 남장여자라고 착각했을 만큼 선이 고운 사내.

나이도 고작 이현과 비슷한 수준이었다.

'확실히 대단할 만해.'

이현이 대단하다고 했던 것은 어림군이 아니었다.

그들의 중심에서 연(輦)에 앉아 오만하게 세상을 내려보던 황태자였다.

'황태자도⋯⋯.'

뚜둑.

황태자를 떠올리는 것만으로도 쥐어진 이현의 주먹에 힘이
들어갔다.

"근데 이제 뭐하시려고요?"

그런 이현을 향해 옥분이 눈치 없이 물었다.

황태자를 떠올리던 이현은 그 물음에 고개를 갸웃 했다.

"글쎄? 뭐하지 우리?"

황태자고 나발이고.

당장 할 일이 없다.

＊　　　＊　　　＊

당장 할 일이 없어 고민에 빠진 이현과 달리.

무림맹과 사도련은 당장 할 일이 명확했다.

회담이다. 비록 세상엔 밝히지 않았지만, 세상 사람들은 다
아는 회의 골자는 정사불가침협정이었다.

회의실에 무림맹주와 사도련주 두 사람. 그리고 그 두 사람
을 호위할 최소한의 인원들로 가득 찼다.

무림맹주와 사도련주는 서로의 얼굴을 맞대고 마주 앉고
있었다.

그들을 호위하는 최소한의 무사들만을 대동한 채 갖는 자

리다.

"허허! 이렇게 동문(同門)이 한자리에 모이니 좋구나. 오랜만이구나. 사제."

먼저 입을 연 이는 무림맹주였다.

"……오랜만이오."

맹주 천호건의 입에서 나온 그 말에 사도련주의 눈빛은 잠시 흔들렸다. 그러나 이내 평정을 되찾았다.

사제.

천마라는 스승을 둔 두 사람의 비밀.

헌데 그것을 무림맹주가 먼저 입에 올렸다. 그 말은 무림맹주를 호위하기 위해 이 자리를 차지한 호위무사들도 그 비밀을 알고 있다는 뜻이다.

상대가 비밀을 밝히고 들어왔으니 사도련주도 망설일 필요는 없다.

"재미있는 일을 벌이셨소. 무왕을 부맹주라…… 반대가 만만치 않았을 텐데?"

"그래. 만만치 않더구나. 덕분에 오늘과 같은 촌극이 벌어졌지 무엇이냐. 고맙게도!"

"얕은수를 쓰시는구려."

사도련주의 목소리가 낮아졌다.

무림맹주가 왜 이현을 부맹주의 자리에 앉혔는지는 이미 짐작하고 있었다.

첫째로 무림맹 전력의 강화.

둘째로.

"그 자리가 그리도 중하시오?"

무림맹주라는 자리를 지키기 위해.

이현의 약점은 나이다. 그 나이만 제외한다면 이현이 세운 전공은 정파 무림 내에서도 독보적이다.

그리고 이현에겐 스승이 있다. 천하십대고수 중 한 사람.

태극검제 청수.

시일이 지나고, 이현의 활약이 계속된다면, 무림맹주의 자리는 나이 어린 이현 대신 태극검제의 차지가 된다.

이현이 쌓은 공과, 그 덕분에 올라갈 무당파와 태극검제의 명성이 그렇게 만들 것이다.

그래서 미리 선수를 친 것이다.

오히려 나이 어린 이현을 부맹주로 앉히면서 그를 향한 선망과 칭찬을 시기와 질투로 바꾸었다.

"허허! 중하지. 스승마저 배반하고 이 자리를 지켰는데, 고작 약관의 애송이가 날뛰었다고 이 자리를 내어 줄 수는 없는 법이지. 안 그렇겠느냐?"

사도련주의 비난을 뻔뻔하게 받아치는 무림맹주의 얼굴에서는 여전히 웃음이 맺혀 있었다.

"그보다 흑풍이 줄었더구나."

꿈틀!

사도련주의 검미가 꿈틀거렸다.

이현을 부맹주의 자리에 앉힌 무림맹주의 얕은수를 공격했다. 그리고 이제 그 반격을 맞았다. 맹주가 반격을 가할 것이라고는 예상했으나, 예상했다고 아무렇지 않은 것은 아니다.

흑풍.

사도련주에게 그들은 수하인 동시에 동료이며 형제다. 그가 천마의 손에 거두어진 그 순간부터 그들은 함께였었다.

원래의 숫자는 백.

하지만 그가 사도련주의 자리를 차지하면서, 또 그 자리를 유지하면서 반절을 잃어야 했다.

사도련주에게는 아픈 곳이다.

무림맹주는 그곳을 정확히 찌르고 들어온 것이다.

"여전하시오. 그 입담은!"

하지만 이내 차갑게 마음을 가라앉혔다.

'세 치 혀만큼은 이미 사형제 중 가장 날카롭다는 것쯤은 알고 있지 않았던가!'

사도련주는 스스로 냉정히 평가했다.

언변으로는 맹주를 이기지 못한다. 길게 말을 섞으면 불리해지는 건 본인이다.

"본론부터 이야기하겠소. 상호불가침을 제의하오."

사도련주는 곧장 본론으로 들어섰다.

"……허!"

서론도 없이 곧장 원하는 바를 밝혀버리는 사도련주의 말에 맹주의 입에서 헛웃음이 흘러나왔다.

그리고.

"……끌리지 않는구나. 사제야. 협상이란 모름지기 서로가 원하는 바가 있을 때야만 성립되는 것임을 아직도 깨닫지 못한 것이냐?"

거절했다. 오히려 여유를 부리며 사도련주를 도발한다.

사도련주의 미간에 주름이 잡혔다.

유들거리는 맹주의 모습이 마음에 들지 않은 탓이다. 그러나 여기서 결렬시킬 수는 없다.

"기다려 주지."

사형으로서의 대우도 잊고 하대로 말했다.

더는 그의 사제가 아닌, 사파를 대표하는 주인으로서 이 협상을 이끌어 가겠다는 의지다.

사도련주의 제의에 무림맹주의 이마에 잠시 주름이 졌다.

"……마교의 힘을 흡수할 때까지 기다려 주겠다는 뜻이더냐?"

"제대로 알아들었군."

고개를 끄덕이는 사도련주의 모습에 무림맹주는 고개를 저었다.

"이런! 착각하고 있는 모양이군. 정파는 강해. 지금껏 이리치이고 저리 치였던 것은 위로는 마교, 아래로는 너희 사도련이 버티고 있어서였을 뿐이야. 마교가 사라진 지금, 굳이 망설일 필요는 없지 않겠느냐?"

사파는 늘 급변한다. 어제의 강자가 오늘의 약자가 되어 역사의 뒤안길로 사라진다. 식물로 비유하면 계절마다 피고 지는 들꽃이다. 척박한 환경에서도 피어나 화려한 꽃을 개화한다.

그에 반해 정파는 정적이다. 좀처럼 큰 변화가 없다. 흑사신마가 등장했을 때를 제외한다면 근 백 년간 이렇다 할 전력의 변화나 구성원의 변화는 없었다. 사파가 계절마다 피고 지는 꽃이라면, 정파는 깊게 뿌리내린 청송(靑松)이다. 화려한 꽃은 맺지 못하지만, 사시사철 푸름을 지켜 낸다.

쌓아 온 것들이 다르다.

마교가 사라진 지금 그 전력을 온전히 사파에 집중한다면…….

"버겁지. 해서 불가침을 제의하는 것이고. 허나! 못할 것도 없다."

사도련주는 눈빛이 차갑게 번뜩였다.

그 속에 호전적인 의지가 가득했다. 어디 해 볼 테면 해 보라는 자신감이 저변에 깔려 있었다.

"사파는 매일 같이 생존을 위해 치열하게 투쟁한다. 투쟁 속에 살아남은 이들이 우리다."

비록 천성이 비겁하고 치사하지만, 그럼에도 그들은 살아남기 위해 매일같이 온 힘을 다한다.

정파의 무공은 뿌리가 깊을지언정, 그 치열함은 부족하다.

사도련주가 내보인 자신감의 원천은 그것이다.

"누가 이길지는 아무도 모르지."

"허……! 사제도 많이 변했군. 항상 인형 같던 사제가 어찌 이리도 변했는지…… 소문은 들었지만 놀랍구나!"

거침없이 자신감을 드러내는 사도련주의 모습에 무림맹주는 감탄을 터트렸다.

그러나 그뿐이다.

무림맹주의 얼굴에 드러난 여유는 여전히 사라지지 않았다.

"그런 생각이라면 더는 이 자리는 필요 없겠구나."

회담의 결렬을 이야기한다.

처음부터 정하고 이 회담을 시작한 것이 분명했다.

"그럼 전쟁이겠군. 간만에 잡은 권력을 지켜야 하니까!"

사도련주의 목소리는 무섭게 가라앉았다.

맹주가 천마를 배신한 것도, 이현을 부맹주에 앉힌 것도 모두 무림맹주라는 자리를 지키기 위함이었다.

그런 그가 마교 토벌을 성공으로 끝내고 권력을 잡았다. 어렵게 잡은 그 권력을 놓아 버릴 만큼 맹주의 정치적 감각은 무디지 않다.

각파의 지원으로 이루어지는 연합체인 무림맹. 그 무림맹의 주인인 무림맹주.

아무런 연고도 없이 무림맹주의 자리에 오른 그가 지금의 권력을 지키기 위해서 해야 할 일은 전쟁뿐이다.

전쟁만이 그의 권력을 공고히 해 줄 수 있다.

"사도련주가 되더니 사제도 많이 늘었어. 그래, 그럼 조만간 보도록 하자구나."

맹주는 그런 자신의 의도를 숨기지 않았다.

그렇게 맹주가 자리에서 일어섰다.

사도련주는 그런 맹주의 모습을 차갑게 가라앉은 눈으로 지켜보았다.

그리고.

"……지금이 적기군!"

나직이 읊조렸다.

그 혼잣말 같은 읊조림에 일어서려던 무림맹주의 움직임이 멎었다.

"무슨…… 뜻이냐?"

맹주의 얼굴은 웃고 있었지만 그 굳은 표정만큼은 채 숨기지 못했다.

그리고 사도련주가 대답했다.

말이 아닌 행동으로 한 대답이다.

서걱!

사도련주가 서늘한 빛을 띠는 한 자루 푸른 도를 회담장 탁자 깊숙이 틀어박은 것이다.

"무슨 짓이냐!"

창! 차차차창!

사방에서 저마다 병장기를 뽑아드는 소리가 요란하게 울려 퍼졌다.

자리에 일어서려던 맹주를 멈춰 세운 것은 서늘한 한기를 뿜어내고 있는 푸른 도였다.

그 도가 회담장 탁자 깊숙이 박혀 있었다.

탁자가 얼어붙는다.

주인은 사도련주다. 도를 역수로 움켜쥔 사도련주는 맹주를 노려보며 맹수처럼 으르렁거렸다.

"싸워야 한다면……! 적의 머리를 쳐라! 스승이 내게 가르쳐 준 것이오."

"……나도 천하십대고수일세."

"허나, 한 번도 나를 꺾진 못했지!"

사도련주의 의도는 명확했다.

회담이 이루어지지 않으면 무림맹주를 죽인다. 어차피 벌어질 전쟁이라면 그 전에 적의 우두머리를 치는 것이야말로 가장 간단한 방법이었으니까.

천마가 그렇게 가르쳤고, 사도련주는 그렇게 사파의 주인이 되었다.

쩌저저정!

거짓이 아니었다.

사도련주의 푸른 도 끝에서 지독한 한기가 폭사되어 흘러나왔다. 삽시간에 입김이 흘러나오고, 살이 에이는 살기가 대기를 가득 채웠다.

하물며.

이곳에는 흑풍도 함께다.

그들과 함께라면 천마도 무섭지 않은 그에게 무림맹주를 죽이는 일은 그리 어려운 일도 아니다.

"……여긴 무림맹이야."

"그러니 더 좋지 않소!"

사도련주가 송곳니를 드러내며 웃었다.

적의 심장부. 사방이 적이다. 하지만 반대로 사방이 먹잇감이다. 위험하지만 이보다 좋은 사냥터도 없다.

"무왕께 맹주직을 선물하는 것도 나쁘진 않을 것 같군."

사도련주가 또다시 읊조렸다.

그 속에 담긴 의미는 간단했다. 맹주를 죽이면 부맹주인 이현이 임시맹주가 된다. 어쩌면 그편이 사도련주의 입장에서도 협상하기가 편했다.

이현은 귀찮게 말을 돌리지는 않으니까. 강함은 부담스럽지만, 그건 그를 적으로 돌리지만 않으면 될 일이다. 무엇보다 이현은 맹주보단 믿을 수 있는 적이다.

"……."

맹주는 잠시 아무 말도 없이 눈을 감았다. 그리고 그가 다시 눈을 뜬 것은 잠시 뒤의 일이다.

생각을 정리한 그가 말했다.

"하여라. 허나, 잊지 마라. 스승님께서 내게 무얼 물려주셨는지. 대신 죽어줄 것들은 많다."

사도련주의 도전적인 의사에 동요하던 모습은 사라졌다.

무림맹주는 거침없이 등을 돌렸다. 맹주의 등이 무방피 상태로 훤히 드러났다.

"……."

사도련주는 말없이 그런 맹주의 뒷모습을 노려보았다.

그리고.

탁자에 박아 넣었던 도를 움켜쥐었다.

"하세요. 불가침."

그때 사도련주의 움직임을 막는 목소리가 있었다.

'잊고 있었다!'

사도련주의 눈이 크게 흔들렸다. 그건 사도련주만이 아니다.

죽일 테면 언제든 죽이라는 듯 등을 돌려 회담장을 나서던 무림맹주의 움직임마저 얼어 버렸다.

'이 자리에 우리만이 전부가 아님을!'

회담장엔 무림맹, 그리고 사도련만 있는 것이 아니었다. 하나가 더 있었다.

아니, 두 사람이 더 있었다.

그런데도 잊고 있었다.

'어떻게?'

있을 수 없는 일이다. 아무리 무림맹주에게만 집중했다곤 하지만 그렇다고 이 자리에 함께 있는 존재를 잊을 수는 없다. 만약 그가 적이었다면, 그건 정말 죽음을 의미하는 것이었으니까.

또 다른 이가 곁에 있다는 것을 알고 있었으면서도 인지(認知)에서 놓쳤다.

식은땀이 흘렀다.

"이런! 잊고 있었구만!"

그의 존재를 잊고 있었던 건 사도련주만이 아닌 듯했다.

돌아섰던 맹주 또한 너털웃음을 지으며 다시 고개를 돌렸으니까.

사도련주의 고개가 돌아갔다. 이 자리에 존재함에도 잊게 하였던 존재에게.

"전하……."

"사제……."

사도련주와 맹주의 입에서 서로 다른 호칭이 흘러나왔다.

하지만 같다.

그는 그들과 함께 천마의 가르침을 받은 삼사제이자, 일국의 주인인 황제의 후계자였으니까.

처음부터 이 자리에 있었던 그는 황태자였다.

일국을 이끌 차기 황제의 신분인 그의 곁을 지키는 것은 남루한 회의를 걸친 호위무사만이 전부였다.

모두의 시선이 황태자를 향하고 있었다.

"무림에 전쟁이 시작되고 어느 한 쪽이 이기든, 그다음은 또 어떤 욕심을 부릴까……."

조용한 혼잣말을 중얼거리며 얼어붙은 탁자를 쓰다듬던 황태자가 고개를 들었다.

"하세요. 불가침. 전 사형들을 죽이기 싫습니다."

그리고 빙긋 웃었다.

어느 한 쪽이 이기든 승자는 황실을 적으로 맞아야 할 것이다.

황태자의 그 말이 불가침협정을 이루어 냈다.

그러나 공식적으로는 관과 무림은 서로의 영역을 침범하지 않는다고 알려져야 한다. 때문에, 불가침협정은 무림맹주와 사도련주의 협의로 이루어진 것이 되었다.

의문을 갖는 이들은 있었지만, 누구도 그 의문을 입 밖으로 열지 않았다.

의문을 입에 올려 사실이 된다면, 그땐 그 사실이 보다 노골적으로 압박해 올 것임을 알기 때문이다.

그건 무림의 누구도 원하지 않았다.

과정이야 어찌 되었든, 불가침 협정이 이루어졌다. 정파와 사파의 수장이 협의했으니, 이제 실무진의 차례다.

호설귀를 비롯한 사파의 실무진과, 무림맹의 실무진들은 각자에게 유리한 불가침협정서를 작성하기 위해 문장 하나, 단어 하나에 눈에 불을 켜고 달려들었다.

협의는 이루어졌지만, 그것이 현실화되는 데에는 아직 며칠의 시간이 필요했다.

*   *   *

불가침협정이 이루어지고 있는 사이.

할 일이 없어 뒹굴던 이현은 할 일을 찾았다.

"여긴 다 좋은데 앞에 산이 있어서 볕이 안 드네."

빈둥거리며 별채를 돌아다니던 이현은 우뚝 솟은 산 때문에 그늘진 정원을 보며 투덜거렸다.

그리고 그 날.

"으어어엇! 부맹주님께서 산이 마음에 들지 않으시단다!"

"으워어엇! 산을 치우자!"

어디서 나타났는지 알 수 없는 무사들이 몰려와 산을 파기 시작했다.

그리고 정확히 이튿날 아침.

"산이 사라졌다……?"

별채를 그늘지게 했던 산은 흔적도 없이 사라져 버렸다.

뿐만이 아니다.

"정원에 호수도 있으면 좋을 텐데 말이야. 보기도 좋고, 심심할 때 낚시도 하고."

뒹굴거리다가 너무 심심해서 한마디 툭 뱉었다.

그리고 이튿날.

"……호수가 생겼다?"

호수가 생겨 있었다. 비단잉어가 득실거리는.

또 하루는.

"호수도 있는데 정자도 하나······."

이튿날 정자가 생겼다.

"수발드는 애들 얼굴 상태가 영······."

이튿날 부맹주전 담당 시녀들이 전원 교체되었다. 미인들로.

말만 하면 무엇이든 이튿날 이루어진다.

이미 눈앞에 버티고 있던 산을 치워 버렸을 때부터 이루어지지 못할 것은 없었다.

그렇게 이현은 할 일을 찾았다.

"오늘은 또 뭐라고 투덜거려야 하나······."

이현이 할 일은 기적을 행하는 일이었다.

"맹주나 돼 볼까?"

한참을 고민하던 이현은 또 다른 주문을 외웠다.

그리고 이튿날.

"······쩝! 이건 안 들어주네."

기적은 일어나지 않았다.

*　　*　　*

그렇게 이현이 자신의 새로운 재능을 깨닫고 날로 기적을 행하고 있을 때.

무림맹 협평대(俠平隊) 부대주 주윤호는 피로에 찌들어 있었다.

마교의 무사들을 상대할 때도 단 한 번도 힘든 기색을 내비치지 않았던 그의 눈 밑엔 검은 그림자가 짙게 내려앉아 있었다.

"언제까지 이러고 있어야 하는 겁니까! 이러다 죽겠습니다!"

불만을 토로했다.

며칠 사이 고된 노동으로 그의 심신은 이미 지칠 대로 지쳐 있었다.

"어쩌겠느냐. 그랬다가 정말 사도련에 붙어 버리면 골치 아파진다. 나도…… 힘들다!"

그러나 불만도 그의 상관 앞에서는 수그러들 수밖에 없었다. 주윤호가 그렇듯, 그의 상관 또한 눈 밑이 시커멓긴 마찬가지다.

주윤호는 체념했다.

"……이번엔 또 뭐랍니까?"

그가 물었다.

"산이 없으니 허전하시다는군……."

으득!

상관의 대답에 주윤호는 절로 이가 갈렸다. 멀쩡한 산을 삽질로 들어냈더니 이젠 들어낸 산을 다시 만들어 놓으라고 한다.

하지만 어쩔 수가 없다. 일단은 원하는 대로 해 주어야 했다.

그날 밤.

"산을 만들어라! 산! 산을 만들라고!"

길길이 미쳐 날뛰는 주윤호의 외침에 따라 무사들이 일사불란하게 없던 산을 만들고 있었다.

그렇게.

이현의 기적은 또 하나 이루어지고 있었다.

第十章

　무림맹과 사도련의 주도로 이루어진 정사불가침협정이 체결되었다는 사실이 강호에 널리 알려졌다.

　불만 어린 소리가 여기저기서 터져 나왔지만, 의외로 순순히 결과를 받아들이는 분위기였다.

　사파의 입장에서는 당장 무림맹과의 전쟁이 부담스러웠기 때문이고, 정파 또한 마교와의 전쟁이 끝난 지 오래되지 않은 상황에서 무리해서 사도련과 맞붙을 필요는 없다는 것이 중인들의 수긍의 이유였다.

　그렇게.

　당장이라도 커다란 폭풍이 휘몰아칠 것 같았던 무림의 분위기가 다시 잠잠해졌다.

시간은 잘도 갔다.

그 흘러가는 시간 속에 이현은 무난히 부맹주라는 생활에 적응했다. 사실, 적응할 필요는 없었다. 딱히 할 일이 있는 것도 아니고, 그렇다고 박대받는 일도 아니었으니까.

비록 더는 말만 하면 이루어지던 기적은 처음과 같지 않았지만, 그래도 무림맹에서 이현의 대우는 훌륭하다 못해 융숭하기까지 했다.

하지만 그 융숭한 대접은 어디까지나 부맹주인 이현의 몫이었을 뿐이다.

"밥 좀 먹자! 밥 좀! 이젠 밥도 못 먹게 하냐!"

식당 앞에서 소리치는 정만의 얼굴은 벌겋다 못해 새하얗게 질려 있었다.

이현을 향한 극진한 무림맹의 대접과 달리, 이현의 직속 무력집단인 적조의혈단의 대접은 차갑기 그지없었다.

태생이 산적과 마적, 그리고 수적으로 이루어진 그들인 만큼 콧대 높은 정파인들이 모인 무림맹에서는 이래저래 곱게 보일 리 없었다.

"말하지 않았소! 내부 공사 중이라고! 대체 사람 말을 뭐로 알아듣는 게요! 저녁에 다시 오시든가!"

정만의 앞을 가로막은 염소수염을 한 무사는 단호하고 강

압적이었다. 그런 그의 가슴에 새겨진 승룡이란 두 글자가 두드러졌다.

그도 그럴 것이 승룡단이란 단체 자체가 무림맹에서 최고의 무인 집단으로 평가받는 이들이다. 또한, 무림맹 내에서 꽤나 힘쓰는 문파의 젊은 고수들이 아니고서야 입단이 불가능한 곳이기도했다.

달리 말하면 차세대 정파 무림을 이끌어 갈 후기지수 중 하나라는 뜻이다.

"아니, 무슨 공사를 동시에 사흘 밤낮으로 해!"

평소라면 곱게 돌아갔을 정만도 이번엔 그냥 물러서지 않았다.

무림맹은 크다.

그 안에 기거하고 근무하는 무사들은 물론, 시비와 행정관료들의 숫자는 헤아릴 수도 없다.

인간이 살아가기 위해서는 먹고, 싸고, 자는 일을 떼어 놓래야 떼어 놀 수 없는 일.

당연히 무림맹의 식당의 규모는 크다. 그리고 많다.

그런데 모두 공사 중이다. 벌써 사흘 전부터.

식당이라고 찾아 들어가는 곳마다 공사 중이라고 문전박대를 당했으니, 정만은 사흘을 꼬박 굶은 셈이다.

"그러지 말고 좀 봐주십시다! 예? 내가 이렇게 사정할게! 이대로 가다간 나 정말 굶어 죽어! 응?"

굶어도 너무 굶었다. 하늘이 노랗게 보이는 것도 모자라 핑핑 돌기까지 하니, 자존심이고 뭐고 다 내려놓고 사정했다.

"그거야 그쪽 사정이오. 어찌 되었든 이곳은 내부 공사 중이니 절대 사용할 수 없소."

이렇게 사정하는데에도 염소수염을 한 무사는 완고했다.

그사이 허기가 정만은 눈까지 풀려 가고 있었다.

'이대로 가다간 진짜 죽는다!'

그때였다.

덜컹!

"커! 잘 먹었다!"

내부 공사 중이라던 식당에서 무사 하나가 튀어나왔다. 것도 음식 냄새 풀풀 풍기면서. 한 손에는 먹다 남은 음식을 가득 싸들고서 뚜벅뚜벅 걸어가 잔반통에 쏟아붓기까지 한다.

"뭐야! 쟤는 먹었잖아! 공사 중이라면서! 이 자식아!"

정만의 눈이 돌아갔다.

염소수염 무사의 멱살을 잡고 눈을 부라렸다.

하지만.

"오해요. 공사 지원 나온 인원일 뿐이오."

"잘 먹었다잖아! 공사 지원 나온 놈이 공사 중인 식당에서 뭘 잘 먹어!"

"잘못 들은 것이오!"

"그럼 저놈이 짬통이 버린 건?"

"잘못 본 것이오!"

"제대로 봤어! 이 자식아!"

"억지 부리지 마시오. 그쪽이 몸담았던 곳은 윽박지르면 해결되는 곳이었는지 모르겠지만, 여긴 무림맹이오. 이곳엔 이곳의 원리와 원칙이 있소. 공사 중인 식당에서 누구도 음식을 하지 않소!"

"뭐, 이 자식아?"

정만의 목소리가 점점 높아졌다.

이쯤 되면 노골적이다 못해 아주 적나라하다. 방금 눈으로 식당에서 나온 놈을 보았는데, 이미 들통 난 거짓말로 길을 막고 있다.

'이것들이 보자 보자 하니까!'

정만의 눈에 불이 붙었다.

알게 모르게 차별하고, 따돌림당하는 건 이미 알고 있었다. 이따금 경멸의 시선을 받는다는 것도, 뒤에서 수군거린다는 것도 알고 있다.

심지어.

"벌레 나오는 밥도 군말 않고 먹었다! 며칠 내버려 뒀다 다 쉬어 버린 것들도 그냥 먹었어! 개도 안 처먹을 것들도 그냥 처먹었다고! 그런데! 이젠 하다 하다 밥도 안 주냐!"

멱살을 쥔 손에 힘이 들어갔다.

아무리 무시당해도 정만은 정만이다. 옥분과 함께 적조의
혈단을 이끄는 중심이었고, 녹림십팔채의 일원으로도 활동했
었다.

아무리 승룡단 무사라 할지라도 능히 처리할 능력은 차고
넘쳤다.

뱃속에서 느껴지는 공허하다 못해 쓰라리기까지 한 감각과
이젠 밥도 못 먹게 한다는 서러움에 절로 주먹이 올라갔다.

"왜? 억지도 통하지 않으니, 이제 주먹으로 치실 생각이시
오? 하긴, 그 근본이 어디 가겠소?"

그런데도 염소수염 무사는 정만의 신경을 긁어 댔다.

정만은 이를 악물었다. 사고 친 뒤 돌아올 뒷감당은 두렵지
만, 당장은 눈앞의 염소수염 무사의 빼질거리는 입부터 뭉개
버릴 작정이었다.

"오냐! 이 자식아! 너 오늘 죽어……!"

하지만 그러지 못했다.

"……쓰벌! 그래 다 한통속이다, 이거지?"

어느 틈에 다른 무사들이 정만의 주위를 둘러싸고 있었다.
염소수염 사내와 같이 승룡단의 표식이 있는 이들도 있고, 다
른 표식을 가슴에 새기고 있는 이들도 있었다.

하지만 그들의 눈에 담긴 감정은 같다.

적의(敵意), 경멸(輕蔑).

지금 이 자리에서 그가 먼저 주먹을 날린 뒤에 어떤 일이 벌어질지는 불 보듯 뻔했다. 모두 한꺼번에 덤벼들 것이다.

아무리 정만이라도 홀로 족히 수십이나 되는 무림맹 무사들을 상대하는 건 불가능에 가까웠다.

"……젠장!"

억울하고 분한 마음에 설움이 북받쳤다.

나잇살 처먹고 부끄러운 일이지만, 눈물이 찔끔 나오려 할 정도다.

그런 정만의 귓가로.

"……정히 먹고 싶다면……."

낯선 목소리가 들렸다.

정만이 고개를 들었다.

'그때 그 황태자 때…… 승룡단주! 남궁형위!'

익히 아는 얼굴이다. 황태자가 무림맹에 나타났을 때 가장 앞서 달려가 그에게 예를 취했던 이다.

"먹게 해 드려야지."

남궁형위의 말에 정만의 얼굴에 화색이 돌았다.

"저, 정말이오?"

"그럼. 정말이지. 우리 정파의 무사들은 거짓말을 하지 않는다.”

“가, 감사하오! 그럼 나는 이만!”

깔보듯 내려다보는 차가운 남궁형위의 시선은 거슬렸지만, 당장은 그보다 허기진 배를 채우는 것이 우선이다.

정만이 서둘러 식당을 향해 다가갔다.

그리고 막 문을 열려는 순간.

“……된다고 하지 않았소?”

문을 열려던 정만의 손을 남궁형위가 가로막았다.

의문에 찬 정만의 시선에 남궁형위는 차게 웃었다.

“그랬지. 하지만 그대가 먹을 수 있는 건 이 안의 것이 아니다. 저것이지.”

그리고 손가락으로 한 곳을 가리켰다.

그것을 보는 순간.

정만의 얼굴이 모욕감으로 일그러졌다.

“이런 젠장! 나보고 먹다 남은 짬통의 것을 먹으란 말이오!”

“왜 싫은가?”

“됐소! 내 굶어 죽으면 죽었지. 저건 안 먹소!”

냉소를 짓는 남궁형위의 모습에 정만은 돌아섰다. 조금 전까지는 자존심이고 나발이고 다 버릴 자신이 있었지만 그래도 이건 아니다.

하지만.

턱!

돌아서는 정만을 남궁형위가 잡아 세웠다.

"이런 식으로 사람의 성의를 무시하는군. 하긴, 그러니 태생은 어쩔 수 없다는 게야."

"……어쩌라는 거요?"

"먹어라. 너희 사파 놈들에게야 저 정도면 딱 어울리는 식사지."

"싫다면?"

"예의를 가르쳐 줘야지. 무림맹에서는 사람의 성의를 이런식으로 무시하면 안 되는 것이니까."

차갑게 웃는 남궁형위의 웃음과 함께 둘러싼 무사들이 점점 더 가까워져 오고 있었다.

'쓰벌! 더럽게 걸렸구나!'

직감했다.

남궁형위가 꾸민 일이다. 그동안 식당이란 식당은 다 막아버린 것도, 하필 이 순간 그가 나타난 것도. 그리고 이 많은 무사가 그와 함께하는 것도.

"이제 알겠느냐? 아무리 정파의 탈을 쓴다고 해도 그 더러운 근본은 숨길 수 없는 일. 이래서 사람은 끼리끼리 어울려야 하는 법이다. 이곳은 너같이 더러운 근본을 가진 놈이 있을곳이 아니다."

남궁형위가 승자의 미소를 지으며 내려다보고 있었다.

으득!

이를 악물었다.

"이런 개 같은……!"

이 많은 인원을 다 상대할 수 없다는 건 안다. 하지만, 이대로 당할 수만은 없는 노릇이다.

주먹을 움켜쥐고 휘둘렀다. 아니, 휘두르려고 했다.

"어이! 거기서 뭐 하냐?"

정만의 귓가에 익숙한 목소리가 들렸다.

그리고.

정만을 둘러싼 무사들이 슬금슬금 거리를 벌리며 물러서 길을 만들었다.

그 길 사이로.

이현이 걸어왔다.

"뭐 하냐고!"

건들거리는 이현의 얼굴을 보자 눈물이 왈칵 쏟아져 나오려고 그런다.

억지로 참아 보지만, 그게 좀처럼 되질 않는다. 지금 누가 툭 건드리기만 하면 당장 쏟아 내릴 것 같다.

정만은 억지로 쏟아지려는 눈물을 참으며 입을 열었다.

"저놈들이……."

"제가 대신 설명해 드리지요."

정만의 말을 남궁형위가 가로막았다.

"사소한 일입니다. 그저 저자가 식사거리를 달라 해서……!"

남궁형위가 선수를 치려고 한다.

막아야 했다. 그 생각이 정만의 뇌리 속을 가득 채운 순간.

퍽!

이현의 주먹이 남궁형위의 얼굴에 꽂혔다.

"아니, 다 들었어. 설명하지 마!"

남궁형위의 고개가 돌아갔지만, 이현은 멈추지 않았다. 돌아간 머리를 움켜쥐고 다시 주먹을 날렸다. 이번엔 복부다.

"꺽! 왜……!"

남궁형위가 직각으로 꺾여 허공에 떠올랐다가 떨어졌다.

설마 같은 무림맹 식구끼리 이렇게 다짜고짜 주먹을 날리리라고는 예상하지 못한 듯 남궁형위의 두 눈은 당황한 기색이 역력했다.

그러거나 말거나다.

퍽!

또다시 주먹이 틀어박혔다.

그 위로 이현의 목소리가 울려 퍼졌다.

"뭐? 더러운 태생? 밥 먹는 데 더러운 태생이 어딨고, 고귀한 태생이 어디 있어! 이 미친놈아! 그래! 우리 고귀하신 남궁세가의 공자님께선 어떤 걸 처먹으실까? 응?"

쉼 없이 말을 쏟아 내는 와중에도 이현의 주먹은 하나하나가 묵직하게 남궁형위에게 틀어가 박혔다.

"때려도 내가 때려! 죽여도 내가 죽이고, 갈궈도 내가 갈궈! 응? 내가 이 자식한테 이런다고 너도 그래도 된다는 건 아니야 이 자식아! 어디 내 것에 손을 대? 그리고! 너 뭐? 끼리끼리? 그거 나보고 하는 소리지? 응!"

이현의 주먹이 한 번 틀어가 박힐 때마다 남궁형위의 신형이 들썩였다.

"이, 이러면 저도 가만히 있지 않겠습니다!"

남궁형위도 더는 맞고만 있을 수 없는지 반항을 시작했다.

그러나.

이현의 무위는 이미 전성기 혈천신마를 훨씬 웃돌고 있다. 천마도 어찌 못 할 남궁형위가 그런 이현을 감당할 수 있을 리가 없었다.

피해도 때리고, 막아도 때린다.

혜광에게 맞으며 단련된 구타 실력은 이미 혜광을 제외하곤 천하의 적수가 없다고 자부하는 이현이다. 남궁형위가 막고 싶다고 막을 수도, 피하고 싶다고 피할 수 있는 것이 아니다.

그것이 끝이 아니었다.

"그래! 가만히 있지 마! 너도 처먹어 이 자식아! 어디 고귀하신 남궁가 공자님 입 구멍에 먹다 버린 쓰레기 들어가면 어떻게 되나 한번 보자! 다 처먹어!"

어느덧 짬통까지 남궁형위를 끌고 간 이현은 그의 입에 짬통에 버려진 음식물들을 쑤셔 넣었다.

"읍! 읍! 이러지 마십시오!"

남궁형위가 입을 틀어막아 보았지만 소용이 없었다. 이현은 억지로 남궁형위의 입을 벌려 음식물들을 기어이 먹여 버렸다.

"뱉어? 뱉어 이 자식아?"

남궁형위가 급히 뱉어 내도 달라지는 건 없다. 오히려 떨어진 그것을 도로 남궁형위의 입에 쑤셔 넣었다.

이현은 정말 버려진 음식물을 다 먹을 때까지 멈추지 않을 기세였다.

그러다가.

이현의 고개가 돌아갔다.

"넌 뭐해! 밥 안 처먹고!"

정만을 향해 눈을 부라렸다.

"옙!"

살벌한 이현의 기세에 숨죽이고 있던 정만은 급히 고개를 끄덕이고 식당으로 뛰어들어 갔다. 식당 안에서도 이현의 주먹질 소리가 선명하게 들려왔다.

정만의 얼굴이 일그러졌다.

'쓰벌! 밥맛 떨어졌다!'

눈앞에서 남궁형위의 입 구멍으로 버려진 음식을 쑤셔 넣던 이현의 모습을 목격했다.

그걸 봤는데 눈앞에 아무리 맛있는 것이 있다고 해도 밥맛이 돌 리가 없다.

그렇다고 지금 나갈 수는 없다.

'밥맛 떨어졌다고 했다가는……!'

이현의 성격상 남궁형위와 함께 음식물 쓰레기 줄이기에 동참시킬 것이 불 보듯 뻔했다.

"우, 우웁! 웁!"

억지로 치솟아 오르는 위액을 국물 삼아 힘겹게 한그릇을 다 비워 갔다.

그렇게 끝났으면 좋으련만.

펑!

"캑! 캑캑! 젠장! 이건 또 뭐야!"

정만은 소리쳤다.

사레가 걸렸다. 가뜩이나 뒤집어지려는 속이 갑자기 걸린 사레에 역류하려고만 한다.

그럼에도 무어라 하지 못하는 것은.

식당 한쪽 벽이 무너져 내렸기 때문만은 아니다. 그보다 중요한 것은 무너져 내린 벽 너머로 보이는 풍경과 사람들이었다.

피떡이 되어 늘어진 남궁형위와, 그런 남궁형위를 한 손에 붙잡고 있는 이현.

그리고.

"……도, 도왕(刀王)!"

그런 이현과 대치하고 있는 호협도왕(豪俠刀王) 팽호세가 눈앞에 보인다.

밥 때문에 시작된 일이 점점 커지고 있다.

갑작스럽게 난입한 팽호세가 남궁형위를 패던 이현을 가로막았다.

"……"

이현은 입을 꾹 다물었다.

"젊은 혈기에 실수 좀 했기로서니 이게 무슨 짓인가!"

팽호세는 무섭게 이현을 나무랐다.

남궁형위가 경솔했다는 것은 그도 알고 있다. 예견된 일이었다.

이현의 명성만큼 그를 향한 질시도 적지 않다. 하물며 그가 데려온 사파 출신의 무사들은 오죽하겠는가.

처음에는 젊은 무사들이 중심이 되어 은밀히 따돌리는 것부터 시작된 일이다. 그땐 그래도 자신들이 하는 짓이 유치한 일이란 것도 인지하고 있는 눈치였다.

팽호세가 굳이 개입하지 않았던 것도 그 때문이다.

철없는 짓이었으니, 그냥 그러다 말겠거니 넘어간 것이다.

하지만 그렇게 넘어간 일 때문에 이 사단이 났다.

따돌림과 차별이 점점 노골적으로 변하고, 이젠 그마저 당연한 일로 인식해 버리기 시작했다. 간단했다. 남들이 다 그렇게 하니까, 당연히 그렇게 하는 것이 옳은 일이 되어 버린 셈이다.

무엇이 잘못되었는지, 무엇이 부끄러운 일인지는 전혀 인식조차 하지 못하게 된 것이다.

그 결과 검왕의 손자인 남궁형위가 피떡이 되어 널브러져 있었다.

'아니 어쩌면 이 상황을 원했는지도 모르겠구나!'

팽호세가 이 자리에 있는 것은 오늘 잡힌 남궁형위와의 약속 때문이었다. 약속 시각이 되어도 오지 않는 남궁형위를 찾아 나섰다가 이 상황을 목격했다.

목격한 이상 검왕과의 관계 때문이라도 나설 수밖에 없는 처지다.

진실은 무엇인지 모른다.

'우선은 말려야 한다.'

일단은 말려야 한다는 것이 중요했다.

"이쯤하면 되었으니 그만하시는 것이 어떤가? 부맹주!"

"……그러죠."

이현은 순순히 고개를 끄덕였다.

아직 다른 놈들을 족치지 못한 건 아쉽지만, 일단 남궁형위를 다져 놓은 걸로 분은 어느 정도 풀렸다.

털썩!

귀찮은 짐덩이 치우듯 남궁형위를 던져 버린 이현은 미련없이 돌아섰다.

그런 이현의 등 뒤로 팽호세의 목소리가 들려왔다.

"잘 생각했네. 고작 이딴 일로 검왕과 척을 지는 일은 없어야 하지 않겠는가!"

우뚝!

하지만 그 말이 이현의 발길을 멈춰 세웠다.

"고작 이딴 일?"

"아! 곡해하지 말게. 저 아이는 검왕의 손자야. 비록 철없는 혈기에 잘못을 저지르긴 했지만, 그래도 고작 이런 일 때문에 검왕과 척을 질 필요는 없다는 뜻이니까. 부맹주가 이곳에 지내는 동안 괜히 이런 일로 검왕을 적으로 돌릴 필요는 없지 않은가!"

이현의 눈썹이 서서히 올라갔다. 돌아서 서 있으니 팽호세에게 그것이 보일 리는 없었다.

그래서일까.

"그냥 대의라 생각하게. 이런 작은 일로 대의가 영향을 받아서야 쓰겠는가."

딴에는 다독이는 말이었을지 몰라도 팽호세는 어째 점점 심사가 꼬일 말만 골라서 했다.

돌아섰던 이현이 다시 팽호세를 향해 돌아섰다.

"그러니까. 내가 이놈을 그냥 두는 게…… 이놈이 귀한 집 아드님이시라서?"

말이 삐딱하게 나왔다.

'하여간 어린놈이나 늙은 놈이나!'

말투만 바뀌었다 뿐이지 논리가 태생 찾아 대던 남궁형위와 틀린 게 하나도 없다.

마음에 안 든다.

"귀한 집 아들이라서가 아니야. 그저 장차 함께 정도 무림을 위해 힘쓸……."

"저쪽에 밥 처먹는 산적 놈은 마교와도 싸우고 수적 놈들과도 싸우고, 사도련 애들이랑도 눈싸움했던 놈인데?"

이현은 턱짓으로 밥 먹다 얼어 버린 정만을 가리켰다.

말이야 바른 말이다. 장차 정도 무림을 위해 힘쓸지 안 쓸지 모르는 남궁형위와는 달리, 그놈이 사파 출신이라고 밥도 못 먹게 했던 정만은 이미 몇 번이나 정파 무림을 위해 힘쓰고 이제 생존을 위한 영양 보충에 힘쓰고 있었다.

"어허! 그런 뜻이 아니란 걸 왜 모르는가! 나는 그저 같은 식구끼리!"

"끼리?"

그냥 천성이 꼬인 것인지, 아니면 욕구불만인지 자꾸만 말 꼬리를 잡게 된다.

그 말꼬리 하나하나가 마음에 안 든다.

결국.

"싫어! 목구멍에 음식 쓰레기 다 처넣기 전엔 안 끝낼란다!"

이현은 성질 죽이기를 포기했다.

"허면, 본인도 두고만 볼 수 없네."

삐딱선을 탄 이현의 모습에 팽호세의 표정도 딱딱하게 굳었다.

"그러시든지."

이현은 그런 팽호세의 경고를 무시했다.

그리고.

퍽!

"꾸우엑!"

축 늘어져 있던 남궁형위의 배를 밟아 버렸다.

남궁형위가 내지른 돼지 멱따는 소리가 신호다.

"놈! 오냐 오냐 했더니 오만방자함이 도를 넘는구나!"

팽호세가 고함과 함께 뛰어들었다.

과연 천하십대고수다. 사파에 빙혈도제가 있다면, 정파에는 호협도왕이 있다는 이야기는 그냥 허언만은 아니었다.

타오르는 듯한 붉은 도기가 허공을 가득 채웠다.

공격 하나하나가 패도적이다. 하지만, 연환은 부드럽고 유려하게 이어진다.

머리로 떨어지는 듯하던 도가 꺾여 허리를 노리고, 허리를 노리는 듯하다가 다시 심장을 노리고 솟구친다. 그렇게 붉은 도기가 넘실거릴수록 점점 하나의 형상이 그려졌다.

"오호도(五虎刀)?"

허공에 생겨난 다섯 호랑이의 형상.

하북팽가의 유명한 오호도다. 그 다섯 마리의 호랑이가 이현의 전신을 노렸다. 하나가 낮게 자세를 낮추어 다리를 쓸면, 다른 하나가 훌쩍 뛰어올라 목을 노린다. 그렇게 다섯 마리 호랑이가 연계되어 빈틈없이 이현의 약점을 노리며 집요하게 공격해 들어왔다.

이현은 그것들을 흘려 냈다.

코앞으로 도가 스쳐 지나간다. 도기가 미치는 부분과의 차이는 고작 반 치도 되지 않는 가까운 거리다. 그어지는 도가 만들어 낸 풍압(風壓)이 눈을 아프게 한다.

그렇게 일방적으로 이어지던 팽호세의 공세가 절정에 달하는 순간.

시야를 가득 채운 다섯 마리 호랑이를 훌쩍 넘는 새하얀 백호가 모습을 드러냈다.

오호도의 후 초식이다.

실질적으로 하북팽가의 오호도를 절정의 도법으로 만든 것은 후 초식들이 존재했기 때문이다.

사방을 틀어막은 이후 결정적으로 적의 목숨을 노리는 강력한 일격.

움직임이 봉쇄당한 상대는 그 일격을 막아 볼 틈도 없이 목숨을 내놓는 경우가 허다했다.

머리 위로 전광석화 같은 백색의 도강이 떨어져 내린다.

쿵!

이현은 진각을 밟으며 허리를 숙였다.

사실상 피한다는 자세는 아니다. 머리 위에서 떨어지는 도초를 단순히 허리를 숙이는 것만으로 피할 수 있을 리가 없다.

도는 빠른 속도로 이현을 따라잡았다. 도와 머리 사이의 간격은 고작 한 치도 되지 않는다.

그 순간.

'지금!'

이현이 눈을 반짝였다.

허리를 비틀며 왼팔을 들어 올렸다.

팁!

"헙!"

들어 올린 왼팔이 도를 내려치던 팽호세의 완맥을 움켜잡아 버렸다.

단번에 잡힌 완맥에 팽호세의 얼굴에는 당황한 기색이 역력했다. 급히 다리를 올려 이현의 손을 떨쳐 보려 했지만, 이미 늦은 이후다.

팽호세의 완맥을 제압한 동시에 이현은 크게 한 걸음 내딛고 있었으니까.

펑!

이현의 주먹이 팽호세의 옆구리에 틀어박혔다.

"억!"

주먹에 격중당한 팽호세가 밀려드는 고통에 눈을 부릅뜬 순간.

그의 등 뒤로 허공이 큰 파문을 만들며 일렁거린다.

'이, 이게 무슨!'

갈빗대가 부러진 고통보다 오장육부가 뒤흔들리는 내부의 고통이 팽호세를 고통스럽게 했다.

이미 기세는 이현에게 넘어왔다.

완맥이 잡히고 내부가 진탕된 이상 이제 팽호세가 이현을 막을 방법은 전무했다.

쿵!

다시 한 번 진각을 밟았다.

진각 한 번에 바닥이 움푹 패이고 주위 전각이 뒤흔들린다. 습관적으로 적의 숨통을 확실히 끊어 놓기 위한 마지막 일격을 준비하는 것이다.

그 순간 부릅뜬 팽호세와 눈이 마주쳤다.

'무엇보다 어린이와 노약자를 죽일 때는 꼭 한번 다시 생각해 보거라.'

그리고 환청처럼 청수진인의 목소리가 들려온다. 무당파를 떠나기 전 청수진인이 마지막으로 했던 말이다.

굳어 있던 이현의 얼굴에 쓴웃음이 맺혔다.

'하긴, 죽일 필요는 없지.'

팽호세를 죽였다가는 부맹주 자리에서 쫓겨난다. 반드시!

뭐, 쫓겨난다고 별일이야 있겠느냐마는 아쉬운 건 사실이다. 무림맹에서의 생활은 편했으니까.

투덜거림 한 번에 자고 일어나면 산이 사라졌다가 생기고 없던 연못이 만들어질 만큼.

무엇보다 흥이 식었다.

"……."

이현은 말아 쥐었던 주먹을 내려놓았다. 붙잡고 있던 팽호세의 완맥 또한 놓아 주었다.

"……사정을 두어 고맙소."

팽호세가 고개를 숙였다. 하대가 아니었다. 알고 있는 것이다. 마지막 순간 죽일 마음을 먹었다가 살려 두었음을.

그리고 이현이 끝까지 마음을 돌리지 않았더라면 정말 죽었을 것임을.

제 한 몸 가누기 어려우면서도 팽호세는 인사를 잃지 않았다.

새파랗게 어린 이현에게 패했다는 사실을 인정하지 않고 죽자고 덤벼드는 것이 보통이었겠지만, 팽호세는 그러지 않았다.

이현도 그가 그런 사람이란 걸 알고 있었다. 야율한 때 이미 겪어 보았다.

싸움이 시작되면 뒤가 없는 사람처럼 싸우지만, 막상 싸움이 끝나면 미련 없이 돌아설 줄 아는 사람이다.

이현은 고개를 돌렸다.

"야! 먹었냐?"

그곳에 동그랗게 눈을 뜬 정만이 있었다.

"예? 옙!"

정만이 잔뜩 얼어서는 바보 같은 얼굴로 고개를 끄덕였다.

"가자!"

그대로 돌아섰다.

다만.

그럼에도 잊지 않은 것은 있었다.

"다 처먹어 이 자식아!"

이현은 기어이 남궁형위를 음식물 통에 쑤셔 넣었다.

*　　　*　　　*

사고를 쳐도 제대로 쳤다.

부맹주 자리를 박탈하고 이현을 내쫓아야 한다는 소리도
컸다.

그러나 그것을 막은 건 호협도왕 팽호세다.

팽호세의 논리는 간단했다.

사건의 인과를 보았을 때도 먼저 실수한 쪽은 남궁형위와
무림맹의 무사들이었다. 이현을 벌하려면 그들 또한 같은 무
게의 벌을 내려야 함이 옳다는 것이다.

또한, 그를 그처럼 쉽게 굴복시킨 고수를 내쫓으면 어찌하
겠느냐는 것이다. 이현이 만약 사도련으로 전향하면 그 책임
은 누가 할 것이냐는 것이다.

싸움의 당사자 중 한 명이자, 천하십대고수이기도 한 그가
직접 사태를 수습하지 않았더라면 일이 복잡하게 굴러갔을 것
이다.

그와는 별개로 이현은 아직 끝나지 않았다.

이현이 거하는 부맹주전에 화단에는 적조의혈단이 모두 머리를 박고 있었다.

"……언제부터야?"

이현이 물었다.

"……워낙 오래돼서…… 언제부터인지는 잘……."

적조의혈단원 중 누군가가 조심스럽게 대답했다.

수하들이 핍박받는다는 사실을 알았다. 이현 혼자 노느라 정신 팔려 알지 못했을 뿐이다.

화가 나는 일이다.

옛날 소동들이 등도촌 마을 아이들에게 무시 받았던 것이 마음에 안 들었던 것처럼. 이번엔 그의 수하들이 무림맹에서 무시 받는 게 마음에 안 들었다.

"등신이냐? 확 들이받아야지 병신처럼 왜 그러고 있어?"

"저희라고 그러고 싶어서 그랬겠습니까? 쪽수에도 밀리고 무공에서도 밀리는데 어쩝니까! 여기 애들은 저희랑 근본이 다르다고요! 근본이!"

옥분이 벌떡 일어나 항변했다.

나름 억울한 것이다. 숫자도 훨씬 많은 상대다. 거기에 태생이 수적, 마적, 산적이다.

말 위에 있어야 제 실력을 발휘하는 놈, 물 위에 있어야 제 실력을 발휘하는 놈, 산에 있어야 제 실력을 발휘하는 놈들이다.

그러다 보니 몇몇을 제외하고는 개개인의 무위는 조금 처질 수밖에 없다.

상대는 오랜 세월 확인된 체계적인 수련을 받은 이들이었으니까.

그 항변에 이현이 미간을 찡그렸다.

"그놈의 근본은!"

마음에 안 든다.

남궁형위부터 시작해 죄다 근본 타령하는 것이, 이젠 옥분까지 근본 타령이다.

"누군 날 때부터 칼질하고 태어나냐! 근본은 무슨 개뿔! 오냐! 만들어 줄게! 너희가 그렇게 좋아하는 근본! 아주 땅바닥에 제대로 심어 줄게!"

근본이고 나발이고 무림은 힘 있는 놈이 근본 있는 놈이다.

그것이 시작이다.

그 날부터 이현은 적조의혈단을 제대로 굴리기 시작했다. 매일 같이 부맹주전에선 밤이고 낮이고 곡소리가 울려 퍼졌다.

그렇게 한 달. 또 두 달.

이현이 적조의혈단에게 없던 근본을 강제 이식하는 일은 성공적으로 진행되고 있었다.

하지만 확인해 보진 못했다.

근본을 강제 이식 당한 적조의혈단을 누구도 건드리지 않았기 때문이다.

이현이 한바탕 뒤집어 놓은 탓도 있었지만, 살기로 번들거리며 돌아다니는 적조의혈단을 누구도 건드릴 생각을 하지 않았기 때문이다.

그렇게 확인할 수 없는 수련은 한동안 계속되어야만 했다.

*　　　*　　　*

깃발이 흔들린다.

일만의 어림군의 진군에 지축도 흔들렸다.

마치 거대한 파도가 지상을 휩쓰는 듯한 착각을 불러일으켰다.

그리고.

황태자가 그 중심에서 연에 앉아 세상을 내려다보고 있었다.

무림맹을 거쳐 강남으로 향하고 있던 황태자의 순시는 어느덧 무당산이 지척으로 보이는 곳까지 이르렀다.

내내 말 없던 황태자가 입을 열었다.

"회의."

"······예."

그의 부름에 어느 틈엔가 회의를 걸친 호위무사가 곁에 나타났다.

황태자의 시선은 무당산에 머물렀다.

"저곳이 무당파가 있다는 곳인가?"

"예."

황태자의 물음에 회의가 답했다.

"요즘 가장 시끄러운 곳이라더군?"

"예."

"광도 혜광이 저기에 있다지?"

"······예."

회의의 무미건조한 대답에도 황태자는 쉬 질문을 멈추지 않았다.

"광도 혜광과 내가 싸우면 누가 이길까."

그리고 그 질문에.

"······."

회의는 처음으로 대답하지 못했다.

황태자의 입가에 웃음이 번졌다.

"······재미있군."

그리고 잠시 후.

어림군이 진군을 멈췄다.

*　　　　*　　　　*

달빛을 등불 삼아 서책 위에 글귀를 적어 가던 혜광은 고개를 절래 저었다.

"끌끌끌! 기어이 그곳에 가서도 사고를 치는구나!"

이현이 남궁형위를 박살 냈다는 소식은 이미 퍼질 대로 퍼진 상황이다. 거기에 더해 이현 때문에 남궁형위가 무림맹에서 큰 추태를 보였다는 것도 누구나 아는 비밀이 되어 버렸다.

"남궁가 놈이야 어차피 나갈 놈들이었지만…… 너무 일러!"

오늘 남궁세가에서 오검연에서 탈퇴하겠다는 의사를 통보해 왔다.

당연했다.

검왕의 세 손자 중 하나는 팔을 잃었고, 둘은 페인이나 다름없는 지경이 되었다. 모두 이현과 엮여 그렇게 되었다.

악연도 이런 악연이 없다.

그러니 예정된 일이었다. 그러나 너무 빠르다.

"끌끌끌! 내가 삼출행의 금제만 아니었어도 그놈을 아주 요절을 내는 것인데!"

혜광은 사고 친 이현을 작살 내지 못한 것이 못내 아쉬워 입맛을 다셨다.

그러면서도 혜광의 손은 쉬지 않고 서책 위에 글귀를 적어 냈다.

"이것만 끝나면⋯⋯."

혜광의 표정이 아련해졌다.

서책은 혜광의 오랜 숙제다. 그가 무당파에 몸담은 직후 그 숙제를 해 왔다. 이제 그 끝이 보이기 시작했다.

"내가 그놈에게 영감을 받을 것이라 누가 생각했을꼬!"

한동안 해법이 보이지 않아 반쪽자리로 남긴 채 버려두었던 것을 이현에게 깨달음을 전하다 영감을 얻었다.

그 영감이 숙제를 해결하는 열쇠가 되었다.

이래저래 마음에 안 드는 일투성이었지만, 그래도 이제 끝나 가는 숙제 하나만큼은 마음을 후련하게 만들었다.

텁.

"끝났구나."

그렇게 숙제가 끝이 났다.

"⋯⋯."

혜광은 고개를 들었다.

혜광이 있는 언덕 아래로 사람 하나가 걸어온다.

금사로 지어진 곤룡포를 입은 젊은 사내는 곧장 혜광이 있는 곳으로 올라오고 있었다.

스륵.

혜광도 완성된 서책을 숨긴 뒤 일어섰다.

몸을 일으킨 혜광의 모습을 발견한 젊은 사내가 물었다.

"그대가 광도 혜광인가?"

몸에 밴 자연스러운 하대.

혹시나 했지만 역시 그의 손님이었다.

"끌끌끌! 선자불래(善者不來), 래자불선(來者不善)이라. 이 오밤중에 나 보자고 기어 올라온 걸 보니 착한 놈은 아닌 듯하구나?"

혜광은 웃고 있었지만 두 눈은 날카롭게 빛나고 있었다.

밤중에 찾아온 면식도 없는 젊은 손님이다.

더욱이 그에서 풍겨 오는 분위기에서는 결코 호의가 느껴지지 않았다.

"맞군."

젊은 사내가 고개를 끄덕였다.

그리고.

스확!

양손에 두 자루 검을 뽑아 들었다.

두 자루 검을 타고 서로 다른 기운이 뒤엉켜 일어나 젊은 사내를 뒤덮는다.

등 뒤로 기운이 솟구쳤다.

왼쪽에는 검은빛을 띤 지독한 마기가, 오른쪽으로는 찬란하게 빛나는 금색 금기가.

그것들이 뻗어 나와 얽히고설켜 날개가 되었다. 각기 다른 색의 족히 삼 장을 넘는 날개가 허공을 가득 채웠다.

"끌끌끌. 마교의 기운과, 황궁의 기운을 한 몸에 다루는 놈이라……! 별 신기한 놈을 다 보겠구나!"

혜광은 웃었다.

그리고.

아무것도 없는 빈 허공에 손을 뻗었다.

끄그그긍!

허공이 찌그러진다. 마치 중력이 뒤틀린 것처럼 무거운 무게감이 주위를 짓눌렀다.

그리고.

검이 생겼다.

아무것도 없는 허공에 생긴 투박한 한 자루의 검.

검을 쥔 혜광의 입술이 비틀려 올라가 누런 송곳니를 드러내 보인다.

혜광이 말했다.

"오너라!"

무당산 봉우리에 때아닌 기상 이변이 일어났다.

마른하늘에 천둥 벼락이 내리쳤다. 하늘이 뒤틀리고, 땅이 뒤틀렸다.

대기를 가득 채운 기파는 누구의 접근도 불허했다.

꼬박 사흘간의 일이다.

사흘 뒤 그곳은.

더 이상 봉우리가 아니게 되었다. 봉우리는 깎여 사라졌고, 초목은 죽어 있었다. 땅 밑의 곤충도 살아남지 못했고, 이변에 휩쓸려 떨어져 죽은 새들의 주검이 가득했다.

그리고.

혜광이 사라졌다.

                    *   *   *

이틀 뒤.

이현의 앞으로 무당파에서 보낸 서찰 하나가 도착했다.

　　사숙조가 사라졌어.

　　　　　　　　　　　사고 청화.

"뭐 어디 놀러 갔나 보지. 그 영감탱이가 사라지든 말든!"

이현은 대수롭지 않게 넘겼다.

그리고 또다시 이틀 뒤.

무당파에서 또 다른 서찰이 도착했다.

"뭐 보나 마나 그 노인네 찾았다는 이야기겠지."

대수롭지 않게 여기며 서찰을 펼쳤다. 예상대로 청화에게서
온 서찰이었다.

"......."

하지만 이내 이현의 표정이 딱딱하게 굳었다.

사형이 돌아가셨어.

그것은, 사부의 뜻하지 않은 부음(訃音)이었다.

"......젠장!"

거칠게 서찰을 구겼다.

이현은 급히 방문을 열고 뛰쳐나왔다.

하지만.

"오랜만이구나. 내 손자가 폐를 끼쳤다는 말은 들었네만."

문앞에 검왕이 서 있었다.

그리고.

남궁세가의 수백을 헤아리는 무사들도 그런 검왕과 함께
하고 있었다.

"폐를 끼쳤으니 갚아야 하는 것이 본 가의 도리지."

검왕이 웃었다.

명백한 적의가 담긴 웃음이다. 이현이 그 의미를 모를 리 없다.

"……."

그럼에도 말이 없다.

저벅. 저벅. 저벅.

그저 천천히 앞으로 걸어갈 뿐이다.

그리고.

턱썩!

검왕의 얼굴을 움켜쥐었고,

쾅!

그대로 바닥에 꽂아 버렸다.

〈다음 권에 계속〉